W0201620

Le LIVRE de POCHE

Jeunesse

DEUX GRAINES DE CACAO

DU MÊME AUTEUR DANS
Le Livre de Poche Jeunesse

Les cinq Ècus de Bretagne
La vengeance de la momie
L'année du deuxième fantôme
L'héritier du désert
Deux graines de cacao
Les enfants d'Athéna
Le fils de mon pére

Évelyne Brisou-Pellen

DEUX GRAINES DE CACAO

Illustrations :
Nicolas Wintz

HACHETTE
Jeunesse

1

Une affreuse révélation

Tout commença à cause du nouveau professeur de latin et de sa question fatale. Ou plutôt, tout commença par le départ de l'ancien professeur qui était tombé malade. Et ça, par la faute de Vairon, le fils du raffineur, un garçon tellement insupportable qu'il rendait la vie impossible aux enseignants. Donc, finalement, tout commença à cause de la mauvaise éducation de Vairon. À cause aussi de la présence de Julien dans la classe. Et la présence de Julien dans cette classe était la faute de ses parents.

Oui... En réalité, cela remontait à sa naissance. Même si la catastrophe ne se déclencha qu'en ce jour de novembre 1819 où, ne connaissant pas encore ses élèves, le nouveau professeur fit l'appel.

Julien étant le premier sur la liste, puisque son nom de famille était Abalain, il leva la main et, aussitôt, Vairon éclata de rire :

« C'est pas Abalain, c'est Chocolat. »

Au lieu de se fâcher de cette intrusion, le professeur demanda à l'intéressé :

« Pourquoi vous surnomme-t-on Chocolat ? »

Julien allait répondre que c'était parce que son père possédait la plus grosse chocolaterie de la région quand Vairon le devança :

« C'est parce que son père l'a ramené du Brésil dans une cargaison de chocolat. »

Julien haussa les épaules avec agacement en croyant à une blague. C'est alors que Vairon ajouta :

« C'est un enfant adopté, un petit Brésilien miséreux qu'on a trouvé en creusant la terre pour extraire le chocolat. »

Le professeur entreprit d'expliquer que le chocolat ne se trouvait pas dans la terre, mais Julien n'écoutait plus. Sans savoir pourquoi, il venait d'avoir l'affreuse révélation que les paroles de Vairon n'étaient pas des mots en l'air. Il aurait dû protester, hurler son indignation. Il n'y parvenait pas. Un mur s'était subitement dressé, un mur qui l'encerclait, étouffait ses cris, un mur sur lequel allait se cogner le moindre argument qu'il tentait de formuler. Et, comme un boomerang, il lui revenait en plein cœur, lui provoquant d'affreuses blessures.

Le professeur continuait à parler sans se rendre compte de rien. Julien avait l'impression de ne plus exister, l'impression que tout ce qu'il voyait autour de lui n'était qu'illusion. La sueur commença à lui perler au front. Il se sentit mal, très mal. Sa vue se brouilla.

« M'sieur, cria une voix, y a Julien qui est tombé dans les pommes ! »

Quand Julien reprit conscience, il se sentait plein d'un désespoir effroyable et mit quelques secondes à s'en rappeler les raisons.

... Non, il ne voulait pas ! Il ne voulait pas ! Il murmura entre ses lèvres : « Vairon, pauvre con. »

« Il se réveille », chuchota une voix à ses côtés.

C'est seulement à cet instant que Julien réalisa qu'il se trouvait dans la petite salle de l'infirmerie du collège, et que la personne penchée sur lui était la sœur infirmière.

« Ça va mieux ? » interrogea-t-elle avec compassion.

Julien ne répondit pas. Il faisait nuit et la chandelle ne diffusait qu'une faible lueur mouvante. « Adopté. » C'est ce qu'avait dit Vairon. « Petit Brésilien miséreux. »

Ses dents se serraient si fort que sa mâchoire lui faisait mal. Il était en train de se rappeler que, pour fêter son dixième anniversaire, il avait voulu se déguiser en Indien, et qu'en se regardant avec attention dans la glace pour appliquer ses peintures de guerre, il avait remarqué pour la première fois cette évidence : son teint était foncé, bien différent de celui de ses parents.

Une main se posa sur son front. Il ne bougea pas.

Il y avait eu cette autre chose... cette phrase terrible qui avait frappé son oreille et dont il ne comprenait le sens qu'aujourd'hui. Deux ouvrières de la fabrique avaient dit sans remarquer sa présence :

« Maintenant qu'il y a un bébé chez le patron, le Julien, il a intérêt à bien se tenir.

— Quand même, avait répondu l'autre, ils ne peuvent pas le virer comme ça ! »

Sur le moment, ça lui avait fait un effet terrible et il s'était persuadé qu'il avait mal entendu. Pourquoi, soudain, ses parents lui auraient-ils préféré sa petite sœur Agnès ?

À présent il comprenait. Il fut saisi d'une envie

de hurler, de toute la force de ses poumons. Aucun son ne put franchir ses lèvres.

« Gabriel, souffla la sœur infirmière, je vais m'allonger un peu. Je ne crois pas que Julien coure un quelconque danger, mais j'aimerais tout de même que tu assures une petite surveillance.

— Ne craignez rien, ma sœur, je n'ai pas sommeil. Je vais aller chercher mon livre de latin dans la salle d'étude et travailler un peu.

— Réveille-moi dans deux heures.

— Vous pouvez dormir davantage, je...

— Tatata. Toi, tu n'as que quinze ans, c'est un âge où on a besoin de sommeil. Regarde-toi, tu es tellement maigre qu'on dirait que ta tête est trop lourde pour ton cou. S'il ne tenait qu'à moi, je te garderais comme malade à l'infirmerie, je te bourrerais de bonne viande et de légumes et je t'interdirais le jeûne.

— Je vais très bien, ma sœur, répliqua Gabriel avec amusement. Et ne vous fiez pas à ma maigreur. Si vous veniez à vous évanouir, je suis très capable de vous soulever dans mes bras.

— Pourquoi est-ce que je m'évanouirais ? Allez, mon fils. Réveille-moi à minuit. N'oublie pas que tu n'es pas infirmier. Ce n'est donc pas à toi de prendre les responsabilités. »

La sœur infirmière ayant disparu, Gabriel jeta un

dernier regard sur le malade, qui semblait dormir, se saisit d'un chandelier et s'éloigna.

Julien rouvrit les yeux. La chandelle brûlait toujours mais l'infirmerie était déserte. Il n'y avait aucun autre malade. D'ailleurs lui non plus n'était pas malade ; il était mort. Tout un morceau de lui était mort. Son dos se redressa, ses pieds se posèrent sur le sol. Il marcha silencieusement vers la porte.

Il faisait très noir dans le couloir. Noir et froid. Julien frissonna dans sa chemise de nuit. Ce couloir était celui de l'administration, au rez-de-chaussée du bâtiment. Au-dessus, le premier étage était occupé par les salles de classe, et le deuxième par le dortoir où il aurait dû se trouver.

Le dortoir, il n'y retournerait jamais. Jamais.

Il décrocha ses vêtements du portemanteau et les enfila, puis il se saisit de la chandelle avant de sortir silencieusement.

En passant devant la bibliothèque, il discerna une lueur sous la porte. Y avait-il quelqu'un, à cette heure tardive ? Il ôta sa veste, l'étala sur le sol et y posa les pieds pour finir son trajet en glissant sur le parquet.

Le bureau du directeur. C'est là qu'il se rendait. Juste à côté de l'escalier.

Il posa une main tremblante sur la poignée de la porte, qui s'abaissa sans résister. Ce n'était pas fermé à clé. Julien poussa lentement le battant en évitant de le faire grincer et entra.

Il savait que les dossiers des élèves étaient rangés sur les étagères derrière le bureau, et qu'ils étaient classés par ordre alphabétique. Simple.

Oui, le sien était là. Abalain. Le cœur battant, il avança la main. Voilà. Il allait poser le dossier tranquillement sur le bureau. Il allait l'ouvrir.

Sur la première page étaient inscrits ses nom et prénoms : *ABALAIN Julien Charles, André. Né le 10 août 1808 à Saint-Père-en-Retz, de ABALAIN René et RICHARD Catherine, son épouse.*

Un soulagement sans bornes gonfla ses poumons. Il refermait le dossier avec un entrain retrouvé quand il aperçut le petit astérisque qui ornait le nom de sa mère. Il chercha vite des yeux le renvoi au bas de la page. Là, il était indiqué : *La date de naissance mentionnée est celle de l'adoption. Naissance le 22 février 1808 en Haïti.*

Haïti ! Ces trois syllabes lui furent un choc terrible. Ses oreilles se mirent à bourdonner, il s'appuya à la table. Haïti... Il n'était pas né au Brésil, mais à Haïti, il n'en doutait pas une seconde... Son père y avait vécu, il en parlait parfois.

Un moment, Julien resta là, la bouche entrouverte, ses yeux fixant la nuit derrière la fenêtre. Enfin ses mains s'arrêtèrent de trembler. Ses yeux revinrent lentement vers le dossier. Il le referma. Il ne sentait plus rien. Plus de terreur, plus de douleur. Sa décision était prise et elle était définitive. Il se pencha sur le bureau du directeur et fit coulisser sans bruit le tiroir central.... Le classeur... L'enveloppe à son nom, celle qui contenait son argent de poche pour le trimestre. Il la retira, la glissa dans sa poche, referma le tiroir, ramassa sa veste et sortit.

Gabriel leva les yeux de son livre. N'y avait-il pas eu un grincement ? Il regarda la pendule. Bon sang, onze heures ! En revenant de la salle d'étude, il s'était juste arrêté un instant ici pour vérifier un mot dans le dictionnaire et... il n'avait pas vu le temps passer. Et le malade de l'infirmerie ? Il planta là le gros volume de cuir, saisit le chandelier et se précipita vers la porte.

Il s'arrêta sur le seuil. Est-ce qu'il n'avait pas entendu un frottement du côté de l'escalier ? Il demeura un moment immobile, sans rien percevoir de notable, que les ronflements de la chère sœur infirmière, et se décida finalement à regagner l'infirmerie.

Dans la petite pièce, il n'y avait plus de lumière.

Le lit était ouvert et le malade absent. D'un côté, c'était bon signe : il se sentait assez vaillant pour se lever. D'un autre... Avait-il eu des coliques ? Quelle opinion devait-il avoir de lui, d'un infirmier qui n'est pas là quand on en a besoin ? Pauvre gosse. Aller tout seul là-bas, en pleine nuit !

Gabriel ressortit et courut vers l'escalier de service.

Dans la petite cour où s'alignaient les cabinets, il n'y avait pas la moindre lueur. La chandelle de Julien s'était-elle éteinte ? Il devait avoir peur et froid. Avait-il seulement pensé à prendre sa veste ?

« Julien ! Julien, tu es là ? »

Pas de réponse. Pourvu que le petit n'ait pas fait une bêtise ! Mon Dieu, ce grincement... Est-ce que ça ne venait pas de la grille d'entrée ? Gabriel se précipita vers la salle d'escrime pour jeter un coup d'œil par la fenêtre. Il y avait une ombre, qui venait de bondir du haut de la grille. Et elle s'enfuyait maintenant sur la route.

Gabriel fila jusqu'à l'infirmerie. Il aurait dû le voir tout de suite : les vêtements de Julien n'étaient plus là ! Il attrapa sa cape et se mit à courir vers la sortie.

2

Mindin

Quand Julien déboucha enfin sur le port de Mindin, le jour était levé. Bien qu'il ait fait d'une traite les douze kilomètres, il tremblait de froid. Il n'avait sur lui que sa veste, parce que son manteau se trouvait au dortoir et qu'il n'avait pas pu passer le prendre.

Mais peut-être que le froid n'était pas affaire de veste ou de manteau, peut-être qu'il lui venait de cette boule qui s'était gonflée au centre de sa poitrine et l'empêchait de respirer. Une nouvelle fois, il tourna la tête avec crainte, prêt à se jeter dans le fossé s'il le fallait. Au loin, il n'apercevait qu'une charrette, rien qui ressemblât à la calèche des Abalain. Il passa la main sur ses joues humides pour les essuyer encore et prit une ample respiration. Il fallait empêcher ses yeux de couler bêtement. Le plus dur était fait : il était arrivé à Mindin sans encombre.

Il examina le port. Il connaissait bien ces quais où s'alignaient les vaisseaux trop gros pour remonter jusqu'à Nantes, il y venait souvent avec son père. Enfin, son faux père. René Abalain tenait à s'assurer par lui-même de l'état des navires avant de leur confier la délicate mission de rapporter des Amériques les fèves de cacao. Car les fèves de cacao étaient précieuses et chères, et perdre une seule cargaison pouvait mettre la chocolaterie en grande difficulté. Alors Abalain vérifiait chaque point : la silhouette du bateau, l'état de la coque, celui des mâts, des voiles, il se renseignait sur le capitaine et son équipage... Ces précautions, Julien ne pourrait pas les prendre aujourd'hui.

Il regarda avec méfiance vers la route. Avait-il assez de temps devant lui ? Si les Abalain apprenaient qu'il s'était enfui, ils auraient tout de suite l'idée de venir le chercher ici.

Il s'assura une nouvelle fois de la présence de son enveloppe dans sa poche, puis entreprit de longer le quai en détaillant les bateaux d'un œil critique. À vrai dire il avait du mal à les évaluer, du mal à se concentrer. La *Cintra*, l'*Irène*, le *Léopard*... Il n'en connaissait aucun. Il se rendait compte qu'il marchait de plus en plus vite, sans rien regarder, juste pour s'éloigner du débouché de la route. Il finit par s'arrêter devant le dernier navire. Le nom peint sur la coque était *Prince Sauvage*.

Celui-là ! C'était celui-là qu'il lui fallait ! Le nom lui plaisait, l'allure était fine et racée, et il possédait un avantage énorme sur tous les autres : on était en train de le charger. Julien s'approcha du matelot qui surveillait l'embarquement.

« Est-ce que le *Prince Sauvage* lève l'ancre bientôt ?

— Avant midi.

— Avant midi ? Et où va-t-il ?

— À Haïti. »

Julien n'en crut pas ses oreilles : le *Prince Sauvage* partait aujourd'hui, et pour Haïti ! Quelque chose se détendit dans sa poitrine. Dieu était avec lui. Ce bateau était là pour lui. Pour l'emmener. Personne n'y pouvait plus rien.

« Je peux embarquer ? » interrogea-t-il.

Le matelot le détailla des pieds à la tête sans répondre.

« Comme mousse, par exemple », insista Julien.

L'autre secoua la tête.

« Tu es trop beau, mon petit gars. »

Trop beau ? Qu'est-ce que ça voulait dire ? Le matelot eut un rictus moqueur.

« Regarde-toi ! Fils de riche. On dirait que tu sors tout droit d'un pensionnat religieux pour gens de la haute. Tu as déjà touché à un cordage ? »

Julien examina sa veste noire, son pantalon. Jamais il ne leur avait accordé d'attention. Il leva des yeux incrédules vers le matelot et détailla le vieux pantalon de toile effrangé qui lui tombait sur les sabots, sa chemise passée, ouverte sur la poitrine malgré le froid piquant de ce mois de novembre, ses mains solides et crevassées, son visage parcheminé...

Le désespoir l'envahit. Son père, enfin René Abalain, lui répétait sans cesse qu'il lui fallait faire de bonnes études, pour devenir quelqu'un. Il n'avait pas dit que cela pouvait être un empêchement pour...

« Tes parents savent que tu es ici ? » demanda le matelot d'un ton narquois.

Poussé en arrière par un débardeur qui chargeait un gros sac de toile sur son épaule, Julien dut se retenir au rebord d'un tonneau pour ne pas tomber.

« Je n'ai pas de parents, répliqua-t-il avec colère. Dites-moi où est le capitaine.

— Si tu y tiens... C'est cet homme-là, tu vois, sur le pont. Avec un habit vert foncé, un visage rouge et un ventre qui tombe par-dessus la ceinture. »

Julien se redressa, essaya de donner à son visage une expression décidée qui – espérait-il – le ferait paraître plus vieux, et se dirigea d'un pas ferme vers la planche qui servait de passerelle.

Il avait si bien préparé sa phrase dans sa tête, que, en arrivant devant le capitaine, il explosa littéralement :

« Capitaine, est-ce que vous auriez une place de mousse pour moi sur ce bateau ? »

Le capitaine eut un sursaut, ses bajoues tombantes tressaillirent, puis il examina d'un œil sec l'accoutrement du postulant. Un court instant, Julien regretta de ne pas avoir déchiré ses vêtements, de ne pas s'être roulé dans une ornière.

« Pas de mousse, laissa tomber le capitaine. Je n'ai besoin que d'hommes forts.

— Alors, je paie mon passage », déclara Julien en sortant de sa poche l'enveloppe qui contenait la totalité de sa fortune.

Le capitaine jeta un coup d'œil à l'intérieur.

« Si j'avais le temps, grimaça-t-il, j'éclaterais de rire. Pour un voyage de quelques jours, ça pourrait peut-être suffire, mais pour traverser l'océan... De toute façon, je ne prends pas de passagers. »

On entendit à ce moment une voix qui venait du quai :

« Et pourquoi donc, capitaine Chevillot, n'embarquez-vous pas de passager ? Vous partez bien en droiture[1] pour Haïti ? »

Le capitaine s'était soudain crispé. Les sourcils froncés, il suivait des yeux l'homme qui l'avait interpellé et qui, maintenant, était en train de monter à bord d'un pas nonchalant. Son visage s'appliqua à se détendre.

« Je vais bien en droiture à Haïti, mais j'ai déjà trop de chargement, répondit-il.

— Quel type de chargement ? Est-ce que ce ne sont pas des fusils, dans ces tonneaux ?

— Quelques-uns. C'est pour la Guadeloupe. J'y fais escale. Ils en ont bien besoin là-bas, à cause des révoltes d'esclaves. »

L'homme eut une moue dubitative.

« Cela ne dérange pas, que je visite ?

— Faites comme chez vous. »

À peine l'homme se fut-il éloigné sur le pont, que le capitaine fit un signe des yeux à son second.

---

1. En droite ligne.

« N’embarque pas les miroirs ni les perles, siffla-t-il entre ses dents. Fais monter le rhum. »

Ses yeux tombèrent sur Julien et il pinça les lèvres. Visiblement, il avait totalement oublié sa présence.

« Si tu veux, souffla-t-il rapidement, je t’embarque. Mais tu ne dis pas un mot à l’homme qui vient de monter à bord. Pas un seul mot. »

Julien acquiesça. De toute façon, qu’aurait-il pu dire de compromettant à cet homme ? Il ne savait rien. Sauf que le navire allait emporter des miroirs et des perles, et il ne voyait pas bien ce qu’il y avait de secret là-dedans. Son cœur se gonfla subitement. C’était fait, il partait. Seulement, tout était allé si vite, qu’une vague angoisse le saisit. Ses yeux revinrent vers la route. Toujours personne. Sur le quai, restait un lot important de tonneaux à embarquer. Si le chargement prenait trop de temps et que le départ tardait, ses parents – ses faux parents – risquaient de venir le récupérer par la force.

Un long moment passa avant que le contrôleur ne remonte des soutes. Consultant le grand registre qu’il tenait posé sur son bras gauche, il interrogea alors :

« Combien d’hommes d’équipage ?

— Douze, répondit le capitaine. Plus mon

second, un lieutenant, un cuisinier, un tonnelier, un charpentier, un voilier. »

Le contrôleur compta des yeux les hommes qui vaquaient à leurs occupations sur le pont, demanda au capitaine de signer le registre et, jetant autour de lui un dernier regard plein de méfiance – comme s'il avait des regrets –, il quitta le bord.

Le capitaine le regarda disparaître sur le quai avant de murmurer à son second :

« Monsieur Guérineau, finissez l'embarquement en vitesse et allez chercher les autres hommes. Combien en avez-vous trouvé ?

— Quinze.

— Et le second charpentier ?

— Pas de problème.

— Faites-le monter à bord discrètement. Qu'il ne dise à personne sa spécialité. »

Le capitaine se retourna et, désignant Julien du doigt :

« Toi, tu descends en vitesse.

— Mais vous m'aviez dit...

— Tu descends. »

L'appréhension d'un départ précipité, qui avait envahi Julien l'instant d'avant, se dissipa d'un seul coup pour faire place au plus grand désarroi. Puis la colère le prit.

« Si vous ne m'emmenez pas, s'écria-t-il, je vais

courir après le contrôleur et l'avertir que vous n'avez pas fait charger les miroirs et les perles, et que vous emmenez un second charpentier. »

Bien qu'il ignorât totalement l'intérêt de ces renseignements, il vit que le coup avait porté. Le capitaine le foudroya du regard et, un instant, Julien eut l'impression qu'il allait le jeter par-dessus bord.

« Prenez-moi comme cuisinier, reprit-il rapidement, ou n'importe quoi d'autre. Je sais lire, écrire et compter. »

Le capitaine plissa les yeux avec colère. C'est alors qu'intervint Guérineau :

« Saurais-tu, par hasard, jouer d'un instrument de musique ?

— Oui. Du violon, répondit Julien avec espoir. Mais... (et son espoir s'effondra) je n'ai pas mon violon.

— On en a un à bord. Capitaine... »

Le second semblait poser une question muette, cependant Chevillot scrutait le quai du regard sans lui prêter attention.

« Il joue du violon, capitaine !

— Ah... (Les yeux de Chevillot revinrent vers Julien.) Du violon. Bon... Bon. Tu seras juste nourri, pas payé. Fais voir l'autorisation de tes parents pour embarquer.

— Je... je n'ai plus de parents. J'ai l'autorisation

de l'orphelinat. Je l'ai laissée à terre, dans mon sac. Je vais la chercher. Que me faut-il d'autre ? »

Le capitaine eut un geste agacé.

« Ça te regarde », grogna-t-il.

Puis il tourna les talons et s'éloigna.

« Il te faut, l'informa alors le second d'un ton conciliant, des vêtements et des chaussures de rechange, un matelas et une couverture. Tu vois, là-bas, sur le port, il y a une boutique qui vend tout ce dont un matelot a besoin. (Il baissa la voix.) Mais dépêche-toi, sinon... »

Julien quitta le bord en courant. Son cœur battait terriblement. Le « sinon » du second, il l'avait parfaitement compris, et il ne faisait aucune confiance au capitaine pour l'attendre. Sa seule chance : la cargaison n'était pas entièrement chargée.

L'énervement faisait trembler ses jambes, et il avait l'impression de ne pas avancer. Il fallait respirer. Se calmer. Réfléchir. En plus du matériel conseillé par Guérineau, il lui faudrait du papier et de l'encre pour confectionner cette fameuse autorisation. Il n'avait pas à avoir peur : il écrivait bien et très proprement. Il la rédigerait exactement comme les billets de sortie délivrés par le directeur, et la signerait de l'orphelinat Saint-Ange qui se trouvait juste à côté de son pensionnat.

Jamais, de toute sa courte existence, Julien n'était entré dans un magasin. Chez lui, seuls les domestiques faisaient les achats, et parfois sa mère, quand il s'agissait de choisir des tissus. Il ignorait même le prix du moindre vêtement. Pourtant, il était si fébrile, pressé par une panique qu'il avait du mal à contrôler, qu'il pénétra comme un boulet de canon dans la boutique.

Il regarda autour de lui les étagères débordant de matériel, puis, posant son enveloppe sur la table, il demanda d'un ton qu'il essayait de rendre ferme un équipement complet de matelot.

En échange du contenu de son enveloppe – pas si miraculeux qu'il le croyait –, le vieux marin à jambe de bois qui tenait la boutique lui donna une chemise, un grand pantalon de toile blanche, un suroît, une couverture, une pipe, du tabac et un sac. Pas de matelas. Julien avait d'abord refusé la pipe et le tabac, mais c'était apparemment plus important que le matelas, et il ne voulait pas se ridiculiser en discutant. Il lui resta à peine de quoi acheter une feuille de papier. La plume et l'encre, on les lui prêta.

Un quart d'heure plus tard, Julien, sa belle autorisation en poche, était de nouveau sur le quai. Le bateau n'avait pas bougé. Du côté de la route... pas de calèche en vue. Bientôt il serait trop tard pour les Abalain. Ils ne le récupéreraient pas... Si par hasard ils avaient envie de le récupérer. Ce qui n'était pas sûr. Sa disparition pouvait même les arranger.

Julien n'aurait pas dû penser à ça. Maintenant, la boule était revenue dans son estomac.

Il allait franchir la passerelle quand il se sentit agripper par le bras. Une fraction de seconde, il crut... Ouf ! Ce n'était pas René Abalain, c'était un garçon, un peu plus âgé que lui. Gabriel ! Le jeune séminariste qui servait de surveillant et d'aide-infirmier à l'institution ! Il semblait très énervé et demanda aussitôt :

« Qu'est-ce que tu fais là ? Il faut que tu rentres vite, parce que...

— Rentrer ? Jamais ! Je ne rentrerai jamais ! »

Le séminariste pâlit, ses lèvres se mirent à trembler.

« Il le faut, insista-t-il. Tu comprends, j'étais de garde, je suis responsable de toi et... »

À ce moment, sur le navire quelqu'un cria :

« Tout le monde à bord ! »

Julien fit un mouvement vers la planche d'embarquement, mais Gabriel ne voulait pas le lâcher.

« Je suis responsable de toi, répéta-t-il avec précipitation.

— Tu n'es responsable de personne, s'énerva Julien en se dégageant. Fiche-moi la paix ! Retourne là-bas, je ne t'ai rien demandé. »

Puis il franchit la passerelle en courant.

Julien avait à peine mis le pied sur le pont qu'arriva un groupe de matelots. Le maître d'équipage, qui les conduisait, avait pris un peu d'avance sur eux pour rejoindre rapidement le capitaine. Il paraissait furieux. Il expliqua, d'une voix dont il tentait de contrôler la puissance, que le chirurgien leur avait fait faux bond, qu'il avait pris un autre embarquement, mieux payé. Le visage du capitaine s'empourpra de colère. C'est alors que, se retournant pour évaluer l'allure des nouveaux matelots, il aperçut Gabriel, qui avait profité de la confusion pour monter à son tour.

« Toi, tu n'es pas chirurgien, hurla-t-il, alors fiche-moi le camp ! (Il se tourna vers son second.) Faites monter ces hommes et préparez-vous à appareiller.

— Monsieur, dit bravement Gabriel. Je suis chirurgien[1] et sollicite l'autorisation de faire le voyage avec vous. »

Le capitaine en resta bouche bée.

---

1. Grade qui autrefois – et spécialement à bord des navires – demandait peu de compétences.

Tandis que les matelots étaient à la manœuvre, Julien, discrètement réfugié à l'avant du pont principal, près du poste d'équipage, surveillait la terre. Une insidieuse angoisse lui serrait de nouveau le cœur. Le navire se détachait peu à peu du quai, et l'eau grise se refermait à grands remous derrière lui. Au débouché de la route, aucune calèche ne s'était montrée. Il était sauvé. Il était sauvé... Personne n'était venu. Personne ne s'était lancé à sa recherche, personne ne s'était inquiété de sa disparition... Le navire quittait maintenant la zone portuaire. Sur les quais, les entrepôts se faisaient de plus en plus petits. Personne ne s'était préoccupé de son absence ; l'avait-on même remarquée ? Les larmes lui montèrent aux yeux. Il s'en fichait. Il se fichait de tout !

*
* *

« Monsieur, annonça le maître d'hôtel en frappant à la porte du bureau, le père Guibert, directeur de l'institution, est ici. Et il demande à vous parler.

— Le père Guibert ? s'étonna René Abalain. Faites-le entrer. »

Le maître d'hôtel s'effaça et un religieux parut, les mains dans ses manches, l'air embarrassé.

« Mon ami, commença-t-il en s'avançant, je suis venu vous informer... enfin, ce n'est sans doute pas grave mais... »

René Abalain se tendit :

« Il est arrivé quelque chose à Julien ?

— Non... enfin, je l'espère. Hier au soir, il a eu un petit malaise et... enfin ce matin il n'était plus à l'infirmerie. Et nulle part dans l'établissement.

— Ce matin ? Et c'est à cette heure-ci que vous me prévenez ?

— C'est que nous pensions le retrouver rapidement. Il ne peut pas être loin : il n'a même pas pris son manteau. Et nous ne voulions pas vous inquiéter.

— Pas m'inquiéter ? s'écria Abalain en tentant de contrôler sa colère.

— Ne vous mettez pas dans cet état, monsieur, nous allons le retrouver, c'est juste une petite fugue.

—“Une petite fugue” ? Comment est-ce possible ?

— Il a emporté l'enveloppe contenant son argent personnel.

— Une fugue ? Julien ? Un garçon si... Il a dû se passer quelque chose, non ? Vous l'avez grondé ? Puni ? Mais dites-moi, sapristi !

— Non... non, rien de tout cela. C'est un de ses camarades... Enfin... Il lui a dit qu'il n'était pas... enfin...

— Enfin quoi ?

— Qu'il n'était pas votre fils. Qu'il avait été adopté. »

René Abalain blêmit.

« Mon Dieu ! souffla-t-il d'une voix angoissée.

— Je dois vous avouer aussi qu'il a certainement consulté son dossier, dans lequel il était inscrit – au crayon, bien sûr —...

— Au crayon ! s'exclama Abalain, excédé. Pourquoi n'êtes-vous pas venu me prévenir aussitôt ? Vous ne savez rien. Rien ! Alors que moi... Mon Dieu, je sais où il est allé ! Pauvre petit... (Il se tourna vers l'entrée.) Jean ! Faites atteler la calèche immédiatement ! »

Quand la calèche déboucha en trombe sur le quai de Mindin, le soir tombait et le *Prince Sauvage* n'était plus qu'un point sur l'horizon. René Abalain s'informa vite de la présence d'un jeune garçon sur le port dans la journée, et des départs de navires. Pour le garçon, on l'avait vu, et il avait même acheté un trousseau pour s'embarquer. Quant aux bateaux, deux avaient quitté le port : l'*Irène* et le

Prince Sauvage. L'*Irène* partait pour l'Écosse, le *Prince Sauvage* pour Haïti.

Et René Abalain n'eut plus aucun doute. Il sut où était Julien. Il tenta de respirer malgré l'étau qui lui comprimait la poitrine. Maintenant, il fallait qu'il l'annonce à sa femme, et ce serait terrible.

3

Le *Prince Sauvage*

Il faisait nuit noire. Au-dessus de la tête de Julien, la barre de fer du gouvernail tournait en grinçant, et sa grande peur était qu'elle lui attrape les cheveux. Il n'avait pas pu trouver de place avec les autres dans le poste d'équipage, et le capitaine Chevillot les avait envoyés, Gabriel et lui, coucher dans la soute à pain sur les sacs de biscuits. C'était abominablement inconfortable, mais quelle importance ? Sa vie d'avant, c'était fini. Il n'était pas Julien Abalain. Il n'avait que faire de sa maison de là-bas, de sa chambre, de son lit au matelas souple et aux chaudes couvertures. Ce n'était ni sa maison, ni sa chambre, ni son lit. Il avait un peu de mal à respirer. Ça passerait. Près de lui, le jeune séminariste reniflait sans arrêt.

« J'en ai marre de t'entendre pignoucher, grogna-t-il. Je ne t'ai rien demandé, et surtout pas de monter sur ce bateau. En plus, tu n'es même pas chirurgien, juste aide-infirmier. Qu'est-ce qui t'a pris de t'embarquer ?

— Je suis... responsable de toi.

— Tu m'énerves avec ça. Tu n'es responsable de rien ! J'ai résolu de partir et c'est tout. Je n'ai pas besoin de toi. En plus, je ne vois pas de quoi tu te plains, toi, tu seras payé et le capitaine t'a fourni des vêtements.

— C'est parce qu'il ne voulait pas que je garde ma soutane à bord. Ma soutane..., (il gémit), Dieu ne me pardonnera pas de l'avoir ôtée. Et mes études ! Combien de temps vais-je perdre ? »

Julien serra les dents. Gabriel avait trois ans de plus que lui, et il passait, à l'institution, pour un garçon sérieux et raisonnable. Sérieux et raisonnable si on ne le sortait pas de son cadre rassurant, oui !

« Une soutane et des livres, s'emporta-t-il, c'est ça ton misérable problème ? Si tu voulais vivre ta vie entière dans des pantoufles, il fallait y penser avant, pauvre imbécile ! »

Gabriel ne répondit pas. Il ne semblait même plus respirer, et Julien s'en voulut un peu du « pauvre imbécile ». C'est qu'il était dans un état de colère qui ne le portait pas vraiment à la compassion.

« J'avais juré, reprit enfin Gabriel d'une voix faible, j'avais juré de ne jamais m'embarquer. Je veux être professeur de latin et grec.

— Et c'est enthousiasmant, ça ? ricana Julien.

— Mon père est dans la marine. Lieutenant. Et c'est un homme mauvais, toujours plein de rhum et de haine. Alors je m'étais bien promis...

— ... de naviguer seulement entre les versions latines et les thèmes grecs, sans rhum et sans haine ? »

Il y eut un long silence.

« Ton père te battait souvent ? demanda enfin Gabriel.

— Me battre ?... Plusieurs fois il m'a donné des claques. Au moins trois ou quatre.

— Trois ou quatre fois dans toute ta vie ?

— Eh bien oui, dans toute ma vie. Et alors ?

— Moi, ce n'était pas comme ça. Mon père, à la maison, il se croyait sur son bateau. Il passait son temps à nous gueuler des ordres et à nous frapper à coups de cravache. Il voulait que j'apprenne le métier, que je m'embarque. Alors je me suis enfui et je suis entré au séminaire. Il n'a rien pu contre moi puisque j'avais été choisi par Dieu. Par Dieu, tu entends ? (Sa voix dérailla.) Et j'avais juré de ne jamais prendre la mer ! Tout est ta faute !

— Ça suffit ! se fâcha Julien, tu ne comprends donc rien à rien ! Toi, au moins, tu as un père, moi je n'en ai pas.

— Qu'est-ce que tu dis ? Tu es fou ? »

Gabriel avait l'air sincère. Tout le monde, à l'institution, n'était donc pas au courant de sa honte ?

« René Abalain n'est pas mon père. Catherine Abalain n'est pas ma mère. Je ne suis même pas né en août ! Je suis né en février. Je suis né à Haïti. Ils m'ont trompé. »

Et les larmes jaillirent toutes seules. Curieusement, ce dont il voulait le plus aux Abalain, c'était de lui avoir souhaité, chaque année, son anniversaire en août.

*
* *

Julien se crispa et s'assit d'un bond, manquant de s'assommer contre la barre métallique qui tournait toujours au-dessus de sa tête. Une boule de poils venait de lui frôler le visage. Il s'en saisit avec horreur pour la rejeter au loin.

L'animal poussa un cri de douleur. Eh ! ce n'était

pas un cri de rat, mais de chat. Le chat du bord ! Julien le ramena vite contre lui pour le consoler. Bon sang, son cœur battait encore la chamade !

Il faisait noir comme dans un four. Le malheur, avec les cales, c'est qu'elles se situent au-dessous de la ligne de flottaison, et qu'on ne peut donc pas y mettre de hublot. En plus, il avait des courbatures partout. Il sentit monter de nouveau la bouffée de détresse qui lui coupait régulièrement le souffle et, pour l'empêcher d'exploser, s'appliqua à écouter ce qui se passait au-dessus. Des coups de sifflet et des ordres claquaient, c'était peut-être cela, qui l'avait réveillé. Faisait-il jour ? Apparemment, on modifiait la voilure, le vent avait dû tomber. Il lui semblait que le bateau ne bougeait presque plus, cependant, comme il n'était pas sujet au mal de mer, il ne faisait peut-être pas un bon juge.

La mer... Ainsi, il était parti, vraiment parti. Il se trouvait sur le bateau, et la terre s'éloignait.

« Gabriel, appela-t-il en secouant son voisin, il faut se lever ! »

Il enfila son nouveau pantalon blanc, assez large et long pour lui tenir trois ans, boucla fermement sa ceinture par-dessus et replia le bas des jambes, puis passa le rustique suroît choisi par le boiteux, et qui était raide comme une armure.

Gabriel n'avait pas desserré les dents mais il ne

reniflait plus. Il se laissa glisser pour atterrir près de Julien et le suivit sans un mot entre les murs de sacs. À tâtons, ils quittèrent la soute à pain par la seule issue possible, qui menait à la soute à fèves. On la traversait et, en se faufilant ensuite entre des empilements de tonneaux de viande, on gagnait les réserves de poisson salé, puis de rhum. Vu l'étroitesse du passage, on ne risquait pas de se perdre dans le noir.

Après les montagnes de bois à brûler et les barils d'eau, on parvenait enfin à la lueur du jour, qui filtrait de là-haut à travers l'écoutille, et on empruntait l'échelle pour monter à l'entrepont.

Ici, l'atmosphère était différente : aucune odeur de nourriture, juste un vent frais et humide qui se glissait entre les murailles de caisses empilées ; il venait par les sabords ouverts dans la coque et destinés, en principe, à recevoir l'embouchure des canons. Sauf qu'il n'y avait pas de canons, les trois malheureuses pièces qui devaient les défendre contre les pirates se trouvant sur le pont supérieur.

« Écoute... »

On entendait des bruits. Des bruits insolites, comme étouffés. Julien et Gabriel se collèrent le dos contre les caisses. Un moment, ils attendirent sans respirer puis, dans le plus grand silence, ils recommencèrent à progresser. Plus ils approchaient, plus la cacophonie s'amplifiait. Sur la droite, de la lumière signalait un espace dégagé entre les caisses de bois. Julien avança prudemment la tête.

Des cochons ! Les caisses de bois formaient un enclos naturel où on gardait des cochons ! Et tout autour, à hauteur d'yeux, des cages émettaient un caquetage léger.

« De la viande sur pied ! s'exclama-t-il, soulagé. Au moins, on mangera bien, sur ce bateau.

— Tu rêves ! ricana Gabriel en haussant les épaules. Les cochons et les poules, tu n'en verras pas la couleur. Ils sont réservés aux officiers. »

La nuit avait dû lui porter conseil, car le séminariste semblait beaucoup plus serein, comme s'il avait résolu de faire contre mauvaise fortune bon cœur et d'assumer la décision que lui avait bêtement dictée son sens des responsabilités.

« Alors, vous deux, cria Loïc Guérineau en se penchant sur l'écoutille, qu'est-ce que vous faites ? Montez déjeuner avant qu'il ne reste plus rien. »

L'air était si opaque que c'est à peine s'ils apercevaient la dunette[1]. En haut du mât, la vigie souf-

---

1. Pont surélevé à l'arrière du bateau, où se tiennent les officiers. Le pont avant se nomme « gaillard d'avant ».

flait de temps en temps dans la corne de brume pour éviter les collisions avec d'autres bateaux, et aucun vent ne gonflait les voiles.

Ce qu'on leur donna à boire s'appelait « café », ce qu'on leur donna à manger s'appelait « biscuit ». Ni l'un ni l'autre n'avait un quelconque rapport avec les aliments auxquels ils attribuaient ce nom auparavant. Le café était en réalité de l'orge grillé, et les biscuits s'apparentaient au bois de chêne...

Julien mangea les yeux fixés au sol. Le chocolat du matin, c'était fini. Il ne fallait pas y penser. Il ne fallait plus penser à sa vie d'avant, à la voix de sa mère (« Fais attention, Loulou, c'est très chaud »). Plus personne ne l'appellerait Loulou. Tant mieux, c'était franchement ridicule. Maintenant, Catherine Abalain avait un bébé à elle, Agnès, une vraie petite Abalain.

Ainsi, contrairement à ce qu'il avait cru, Agnès n'était pas sa petite sœur, et c'est peut-être ce qui lui causait le plus de chagrin. « Petite pomme », c'est ainsi qu'il l'appelait. Il se souvenait du bonheur qui l'avait envahi la première fois qu'on la lui avait mise dans les bras.

« Quel âge tu as, moussaillon ? »

Julien leva la tête. Le grand métis qui s'occupait de la cuisine venait de lui adresser la parole.

« Treize ans », répondit-il de peur de paraître trop jeune.

De toute façon, il en aurait bientôt douze.

« Tu es aussi de Lorient ?

— Non. Pourquoi me demandez-vous ça ?

— C'est que l'ensemble de l'équipage est de Lorient. Sauf moi, bien sûr. Moi, je suis né dans la belle île de Martinique, où il fait plus chaud qu'ici. Ne croyez pas ceux qui m'appellent BB ; mon nom, c'est Blaise-Benoît.

— Nous sommes quand même bretons, indiqua Gabriel. De la région de Nantes.

— M'étonne pas, acquiesça le cuisinier, les Bretons sont toujours embauchés en priorité. Ils sont bons marins et ils ont le respect des chefs. »

Il eut un petit rire amusé, comme s'il voulait dire que ce n'était pas son cas à lui – mais, après tout, il était cuisinier, pas gabier[1] – et il se mit à chantonner en regagnant sa cuisine, une petite cabane installée sur le pont au centre du bateau.

Julien et Gabriel se consultèrent du regard : que devaient-ils faire maintenant ? En tout cas, filer d'ici, vu que les seaux d'eau commençaient à gicler sur le pont pour le nettoyage quotidien. Le gaillard d'avant, peut-être ? Quatre matelots y jouaient aux

1. Matelot qui grimpe dans la voilure.

cartes sur la cage aux dindes, tandis que d'autres, accoudés au bastingage, fumaient leur pipe.

Au pied de la rambarde, assis sur le parc à boulets de canon, un homme cousait. Assez vieux, maigre et efflanqué, les joues si creuses qu'on voyait sous sa peau tendue chaque mouvement de sa mâchoire, il portait un suroît rouge et ses jambes disparaissaient sous une montagne de voiles.

Julien resta un moment à regarder avec intérêt ses gros doigts boudinés – ne correspondant pas au reste de son physique – pousser l'aiguille pour percer l'épaisse toile.

« Qu'est-ce que vous avez sur votre main ? demanda-t-il.

— Toi, moussaillon, tu es trop bien élevé. On ne dit pas "vous" à un matelot, même un chef voilier comme moi. Je m'appelle Jos. »

Julien le fixa avec surprise : il ne comprenait ses paroles qu'avec un bon temps de retard, pour la simple raison que l'homme n'avait plus aucune dent et que ses lèvres lui rentraient dans la bouche.

« J'ai une paumelle, reprit le vieux en montrant le large morceau de cuir qui enveloppait sa paume et formait un second anneau autour de son pouce. Et si elle n'était pas là, il y a longtemps que ma main aurait été transpercée par les aiguilles. Finaudes, celles-là : elles veulent toujours se glisser là où tu ne veux pas. (Il désigna du doigt une corne de vache remplie de suif où étaient piquées une dizaine de grosses aiguilles.) Je ne t'ai pas vu, hier au soir. Où est-ce que tu as dormi ?

— Dans la cale. Il n'y avait plus de place ailleurs.

— C'est vrai, fit le vieux. Ce bateau est plein comme un œuf. Un équipage trop important. Je me demande pourquoi.

— Ce n'est pas normal ? » s'étonna Julien.

Le vieux ne répondit pas directement. Il soupira :

« Si c'était la seule chose bizarre sur ce bateau... »

Il ne dit rien de plus, souleva son bonnet de laine et en sortit une vieille chique qu'il enfourna. Ses paroles devinrent encore plus difficilement compréhensibles.

« Comment tu t'appelles, moussaillon ?

— Julien. Mais je ne suis pas mousse.

— Julien, lança à ce moment le capitaine, qu'est-ce que tu fais là à bavarder ? Tu n'es pas dans un salon, ici, tu es sur un bateau ! File à la cuisine ! Il y a des pommes de terre à éplucher et une oie à plumer. »

Le garçon courba les épaules, avant de s'apercevoir que le capitaine s'était déjà détourné et s'éloignait vers la dunette.

« La cuisine..., grogna-t-il alors d'un ton fâché.

— Ne réponds pas, crachota vivement le vieux voilier, sinon tu vas te retrouver en vitesse les mains attachées dans le dos et une barre de fer entre les dents. Et ne te plains pas trop. Des bateaux, j'en ai rarement vu d'aussi calmes. Pas de cris, peu de punitions, à croire que le capitaine a peur que quelqu'un ne déserte. Et toi, on ne te demande presque rien. D'habitude, la vie de mousse est un enfer, tu le sais ?

— Je ne suis pas mousse, insista Julien. Et ce n'est pas pour faire la cuisine que j'ai été embarqué.

— Et pourquoi donc que tu serais à bord ?

— Pour jouer du violon. »

Jos arrêta net de mordre sa chique.

« Pour jouer du violon ? » fit-il d'un air ébahi.

Il ne finit pas sa phrase. Julien s'éloignait vers les cuisines.

Du violon...

4

Un chargement suspect

Julien ne comptait plus les jours. Le violon, il ne l'avait encore pas vu. Il avait eu le courage d'en parler une fois au capitaine, qui l'avait renvoyé sans ménagement à la cuisine. De toute façon, à quoi servirait ici un violon ? Les hommes n'en avaient aucun besoin : ils chantaient pour les manœuvres d'une voix si tonnante que le son de l'instrument en aurait été perdu. Qu'est-ce qu'il allait faire, alors, lui ? Trier les lentilles durant toute la traversée ?

Il en avait marre, plus que marre. Il dormait

affreusement mal sur les sacs de biscuits, la bruine ne les avait pas quittés depuis le départ, jamais on n'apercevait le ciel ni la mer. Les officiers étaient d'une humeur de chien, le capitaine passait son temps à faire le point pour éviter de s'échouer sur des hauts-fonds, et la corne de brume résonnait lugubrement.

Du bout de l'index, Julien captura distraitement dans le grand plat un caillou qui se glissait parmi les lentilles. Il n'était pas Julien Abalain. Parfois, il voyait un grand trou noir devant lui et, à d'autres moments, il avait l'impression qu'il n'existait pas vraiment, que tout était factice, lui, son histoire, ce bateau. Du vent. Du rêve. Par moments, il en arrivait à ne plus rien sentir, ni le chaud ni le froid.

... Peut-être simplement parce qu'il faisait bon dans cette cuisine où il passait la moitié de son temps. C'était même le seul endroit un peu agréable du bateau. Il considéra d'un air morose ses vêtements, rendus humides par cette brume tenace, et qui tentaient de sécher au-dessus du fourneau – une place qui faisait des envieux parmi les marins. Heureusement qu'il en bénéficiait, parce que, lui, ne possédait que deux tenues. Il comprenait pourquoi les marins embarquaient une demi-douzaine de pantalons et de suroîts, et encore plus de chemises. Bien sûr, plus personne ne se moquait de ces habits de fils de riche qui, froissés par les nuits sur les sacs de biscuits et mouillés par les embruns, n'avaient plus guère de forme ni de couleur, mais il rageait de n'avoir pratiquement rien pu s'acheter. Quand il sentait le tissu humide lui étriller la peau jusqu'à la rougir, il regrettait presque d'être parti. Qu'allait-il faire dans un pays qu'il ne connaissait pas ?

Il n'aurait peut-être pas dû partir sans rien savoir. Parce que, maintenant, comment apprendrait-il quelque chose ? À qui s'adresserait-il, là-bas, à Haïti ? Oui, il aurait dû obliger les Abalain à parler, à lui dire pourquoi ils l'avaient adopté. Ses vrais parents étaient-ils morts ? L'avaient-ils abandonné ? Qui étaient-ils ?

« Aujourd'hui il y a de la viande, annonça gaiement BB. Le capitaine m'a dit d'ouvrir un charnier de petit salé. Je descends à la cambuse. Surveillez mes chaudrons pendant ce temps, les p'tits gars. »

Gabriel passa à Julien l'oignon qu'il venait d'éplucher et déclara avec sérieux :

« Je voulais m'excuser, tu sais, d'avoir dit que tout était ta faute. Au contraire c'est entièrement la mienne. Je n'ai pas veillé sur toi.

— Bon sang, arrête donc de chercher des responsables ! On avait chacun des raisons de monter sur ce bateau, et on l'a fait. C'est Dieu qui l'a voulu. À quoi ça sert de regretter ? Si ça se trouve, c'était écrit depuis notre naissance, que nous embarquerions sur le *Prince Sauvage.* »

Depuis leur naissance...

Gabriel pela un nouvel oignon d'un air préoccupé, puis il déclara :

« Tu as raison. Excuse-moi pour ce que je t'ai dit.

— Et cesse de t'excuser sans arrêt ! Il faut prendre les choses comme elles viennent.

— Ça te va bien, de faire le philosophe. Si tu t'imagines que je ne vois pas la tête que tu fais quand tu crois que personne ne te regarde !

— Qu'est-ce que tu racontes ?

— Tu sais... tu peux encore changer d'idée, il n'y a pas de honte. Tu es parti sur un coup de colère et je comprends que tu sois...

— Tu dis vraiment n'importe quoi ! Tu prends tes désirs pour des réalités, monsieur le trouillard. Je n'ai aucun regret, figure-toi.

— Ah bon ?

— Non. Une seule chose m'embête, et c'est à ça que je pense de temps en temps : je suis parti juste avant que la nouvelle machine n'arrive.

— Quelle machine ?

— Une pompe à vapeur, qui fait fonctionner la machine à chocolat. Mon vieux, elle te fait soixante-quinze kilos de chocolat en douze heures. Autant que sept ouvriers. Mon p... Euh... Abalain l'avait commandée et elle devait arriver à la fin du mois. Elle y est sûrement, maintenant. »

Gabriel demeura un moment silencieux, et Julien eut peur qu'il ne ramène la discussion sur leur départ. Au lieu de ça, à sa grande surprise, il demanda finalement :

« Et qu'est-ce qu'on met, dans cette machine, pour faire le chocolat ?

— Ben... Les fèves de cacao.

— Et comment ça se présente, ces fèves ?

— Tu n'en as jamais vu ?

— Où est-ce que j'en aurais vu ? » bougonna Gabriel.

À l'institution, Gabriel était plus fort que tout le monde : plus fort en grec et en latin, plus fort en littérature... Et voilà que lui, Julien, avait des choses à lui apprendre !

« Les fèves de cacao, expliqua-t-il non sans une certaine fierté, ça ressemble un peu à des haricots et c'est marron. »

Quand elles arrivaient et qu'on les déchargeait, il rejoignait souvent René Abalain aux entrepôts. Avec émotion et inquiétude, ils ouvraient alors un sac. Julien adorait ce moment où, ensemble, ils soupesaient, sentaient...

« D'abord, reprit-il, on fait griller les fèves dans une bassine, pour pouvoir enlever la pellicule extérieure. Après, on les écrase sur des pierres et on en fait une pâte. (Il fit une petite grimace.) Pas bonne, la pâte. Amère. Immangeable. Alors on ajoute du sucre, de la vanille, et on malaxe. Moi, quand j'allais à la fabrique, je piquais toujours des petits morceaux de pâte entre les doigts des ouvrières. Hum... (Il sentit la salive lui venir à la bouche.) Ensuite on roule la pâte en petits boudins et...

— Chirurgien ! cria une voix au-dehors. Un blessé !

—"Chirurgien", fit Gabriel en sursautant. C'est moi... »

Et il bondit hors de la cuisine.

Julien contempla l'oignon à moitié coupé, le plat de lentilles, et les planta là sans aucun regret pour suivre Gabriel.

« BB, cria-t-il au cuisinier qui arrivait en portant un baquet plein de viande, trouve quelqu'un pour nous remplacer, on a un grand blessé !

— Blaise-Benoît. Je m'appelle Blaise-Benoît », fit remarquer le cuisinier.

Dans l'entrepont, deux hommes, les mains noires de goudron à calfater, en soutenaient un troisième, qui semblait inconscient : Youenn, un timonier. Il s'était pris en plein front une de ces énormes poutres de bois qui soutenaient le pont, et dans lesquelles – vu sa taille modeste – Julien n'avait jamais imaginé qu'on pût se cogner.

On fit descendre le blessé jusqu'à l'infirmerie, au fond de l'entrepont, et on l'allongea sur un matelas de paille. On dut allumer une chandelle de suif tant il faisait sombre.

Youenn portait au front une bosse qui gonflait à vue d'œil et commençait à virer au rouge.

« Qu'est-ce que tu vas faire ? demanda Julien à Gabriel dès que les matelots furent repartis.

— Mettre un linge mouillé sur la bosse, et attendre qu'il reprenne connaissance.

— Et s'il ne reprend pas connaissance ?

— Alors, c'est qu'il a une fracture. On ne pourra rien faire. Peut-être qu'il mourra.

— Tu t'y connais vraiment ? »

Gabriel haussa les épaules, se dirigea vers un petit placard et l'ouvrit.

« Voici ce dont je dispose », déclara-t-il.

Dans le placard, étaient rangés des petits flacons. Une vague émotion saisit Julien.

« Ces flacons de médicaments, dit-il enfin, ils viennent de chez Abalain.

— Abalain, ce n'est pas une chocolaterie ?

— Le chocolat, on le fabrique dans les mêmes

endroits que les médicaments. D'ailleurs, avec le beurre de cacao on fait des pommades. Et puis le chocolat, c'est aussi un médicament, un reconstituant, et ma mère dit... »

Julien s'interrompit net. Il ne devait plus jamais prononcer ce mot.

« Attends..., ces flacons ne portent aucune inscription !

— Ils ont des numéros, fit observer Gabriel.

— Et ça suffit ? Comment sais-tu ce qu'ils contiennent ?

— Je n'en sais rien.

— Alors comment vas-tu faire ?

— Je vais prendre ceci, déclara pompeusement Gabriel. Ça s'appelle *Le Médecin de papier*. C'est un livre où tu trouves les symptômes des principales maladies et le numéro du médicament que tu dois donner pour la soigner. C'est vite lu, il n'y a pas grand-chose.

— Pas besoin de s'y connaître en médecine, alors !

— Pas vraiment.

— Et ça, qu'est-ce que c'est ? Une bouteille de rhum, une scie de charpentier, une tresse de cuir, un couteau, des pinces. C'est un atelier, ici ! »

Gabriel semblait déjà beaucoup moins à l'aise.

« D'après le livre, dit-il, le rhum c'est pour saouler le malade, le cuir pour mettre entre ses dents... pendant qu'on lui coupe à la scie le bras ou la jambe. J'espère ne pas avoir à faire ça.

— Vous allez me couper la jambe ? » souffla le blessé effaré en tentant de se redresser.

Puis il porta la main à sa tête et se laissa retomber sur son lit avec un gémissement. Julien remarqua qu'il portait sur l'avant-bras un tatouage en forme d'ancre.

« Couper un membre pour une bosse au front, railla Gabriel, il faudrait être fin saoul. Mais je vois que vous allez mieux.

— Ça fait combien de jours qu'on a pris la mer ? s'inquiéta le malade.

— Une dizaine, évalua Julien. Vous ne vous souvenez plus de rien ? »

L'homme ne répondit pas à la question.

« Alors on est encore loin d'Haïti, soupira-t-il, j'ai tellement hâte d'y arriver.

— Vous connaissez Haïti ? s'intéressa Julien.

— J'y ai ma femme et ma fille. »

Le garçon en resta bouche bée.

« Vous y vivez ?

— Depuis toujours. J'y suis même né. Je ne vois pas ce qui t'étonne : si j'ai embarqué sur ce rafiot, c'est parce qu'il va là où je veux aller. À ton avis, sur un bateau qui relie la Bretagne aux Antilles, qu'est-ce qu'on trouve ? Des Bretons et des Antillais. »

Julien fixa un instant le timonier, puis il demanda avec une légère angoisse :

« Est-ce qu'il y a des gens qui me ressemblent, là-bas ? Je veux dire... qui ont la même couleur de peau que moi ?

— Il y a de tout, là-bas, du navet au charbon. Tu vas y retrouver quelqu'un ?

— Non, mais j'y suis né. Je connais aussi quelqu'un qui y a vécu. Un nommé René Abalain.

— René Abalain ? Il est chocolatier dans la région de Nantes, maintenant.

— Justement, commença Gabriel, Julien est son... »

Il prit un coup de pied dans le tibia et Julien interrompit :

« Je suis son voisin à Nantes. C'est incroyable, que vous le connaissiez !

— Comment ça, "incroyable" ? C'est un Blanc, et les Blancs, là-bas, ne sont pas légion. Et puis, Haïti, ce n'est pas bien grand, tu sais. La seule chose qui soit curieuse, c'est qu'il soit ton voisin à Nantes alors qu'il était mon voisin sur l'île. Enfin, voisin... à deux kilomètres, mais sa propriété était tellement grande qu'on ne pouvait pas être plus près. (Il mit doucement sa main sur sa bosse.)

Enfin... ça, c'était autrefois. Ensuite, Haïti est devenue indépendante et Abalain est parti. Faut dire qu'à cette époque, il ne faisait pas bon être blanc, là-bas. »

Julien sentit son pouls s'accélérer.

« Il avait des enfants ? demanda-t-il.

— Des enfants ?... Pas à ma connaissance. »

Ils avaient laissé le blessé à l'infirmerie et ils allaient remonter sur le pont lorsque Gabriel retint Julien :

« Regarde la caisse, là... »

Son ton sembla à Julien trop enflammé, comme s'il avait juste pour but de le sortir de ses pensées. Il se redressa pour montrer combien Gabriel avait tort de s'imaginer des bêtises, et s'approcha de la caisse d'un air intéressé. Elle était mal fermée. Il souleva discrètement une planche du dessus et découvrit... des haches. Des tas de haches. Et, pour les caler, du papier doré. C'était vraiment très bizarre.

« Ne touchons à rien, conseilla Gabriel.

— Il y a quelque chose dans le papier, nota Julien sans lui prêter attention. Regarde, on dirait des coquillages.

— Laisse ça », insista Gabriel en lançant des regards anxieux autour de lui.

Julien glissa vivement un de ces objets dans sa poche, referma le papier doré et reposa le couvercle.

« Tu l'as volé ? Remets-le immédiatement !

— C'est juste un emprunt, monsieur le curé, se moqua Julien. Et tu n'as pas intérêt à moucharder ! »

En arrivant sur le pont, Julien repéra tout de suite le vieux Jos sur le gaillard d'avant, près de l'ancre. Il se fraya un passage entre les poules qu'on laissait courir dans la journée et le rejoignit.

Il aimait beaucoup le chef voilier, toujours prêt à plaisanter et à raconter des histoires, et qui, pourtant, en avait vu de drôles dans sa vie ! Il avait même perdu toutes ses dents lors de sa première traversée, à cause du scorbut.

« Hé ! Jos !

— Quoi qu'il y a, moussaillon ?

— Tu sais ce que c'est que ça ? » demanda Julien en extirpant le coquillage de sa poche.

Le vieux marin plissa le front, étudia l'objet et, au lieu de répondre, demanda :

« Où est-ce que tu l'as trouvé ?

— Dans une caisse de l'entrepont. Et il y en a beaucoup d'autres, enveloppés dans du papier doré.

— Dans du papier doré... »

Jos se remit à mâchonner sa chique d'un air soucieux et finit par dire :

« Il y a aussi ce gars, cet Anselme, que j'ai vu étudier les réserves de bois. Est-ce que tu te rends compte de tout ce qu'il y a comme planches là en bas ?

— C'est pour le fourneau.

— Le fourneau ? T'as qu'à croire... Ça, c'est du bois de construction ou je ne m'appelle plus Jos. Et Anselme, je mettrais ma main au feu qu'il est charpentier. Deux charpentiers sur un bateau aussi petit ! En plus, tu as vu l'équipage ? Une bonne moitié passe son temps à jouer aux cartes ou à fumer la pipe sur le gaillard d'avant. Tu sais ce que ça signifie ? (Il n'attendit pas la réponse.) Ça veut dire qu'on est trop nombreux sur ce navire. Voilà ce que ça veut dire. Et maintenant ça... (Il désignait le coquillage.)

— Ça porte malheur ? » s'inquiéta Julien.

Aucune réponse.

« Alors, qu'est-ce que c'est ? insista le garçon.

— C'est un malheur en soi », lâcha le vieux marin en se remettant à mastiquer avec presque de la hargne.

Julien en resta muet. Un charpentier et un coquillage pouvaient-ils représenter le malheur ?

5

Des caisses-surprises

Gabriel passa la tête dans la soute à pain où Julien était en train de s'installer pour la nuit à grands coups de poing dans les sacs. Il avait l'air terriblement excité.

« Les hommes de quart disent que demain on fait escale. On est en Espagne. À La Corogne. On va pouvoir descendre. Ensuite on attendra, et on trouvera bien un bateau pour rentrer chez nous. »

Julien leva la tête, dévisagea le séminariste avec stupéfaction puis, renonçant à se mettre en colère, il dit :

« TU attendras et TU trouveras un bateau pour rentrer chez TOI. Moi, je vais à Haïti.

— Écoute, Julien, soupira Gabriel comme s'il s'attendait un peu à cette réponse, rien ne dit que tu aies encore de la famille à Haïti. Si René Abalain t'a adopté, c'est que tu n'avais sans doute plus de parents. Et puis, il y a autre chose...

— Quoi ?

— D'après Youenn, René Abalain a quitté l'île au moment de l'indépendance. J'en ai reparlé avec lui, et il dit que les esclaves se sont révoltés plusieurs fois à Haïti. Ils ont fini par obtenir la liberté en 1793, et l'indépendance de l'île en 1804... 1804, tu comprends ? Toi, tu n'es pas né en 1804, hein ? Alors René Abalain n'a pas pu te ramener de là-bas ! »

Il y eut un grand silence.

« Je ne sais pas comment les choses se sont passées, grogna finalement Julien, mais je suis né le 22 février 1808, et je suis né à Haïti.

— Julien, retournons chez nous. Tu demanderas des explications, tu comprendras...

— Je n'y retournerai pas. Il n'y a rien à comprendre. Ils n'auraient jamais dû me souhaiter mon anniversaire en août !

— C'est infantile ! se fâcha Gabriel. (Il serra violemment les poings, puis, prenant sur lui, les rouvrit dans un geste désolé.) Je vois bien que cette affaire te tourne les sangs, mais je n'arrive pas à te suivre. Chacun doit assumer la vie que Dieu lui a donnée !

— Je veux savoir qui je suis. »

Gabriel répondit par un grognement, puis il ajouta :

« Moi, j'ai souvent rêvé de découvrir que mes parents n'étaient pas les vrais. »

Le visage de Julien se ferma.

«... En plus, poursuivit Gabriel, je ne vois pas ce que ta vie a de si terrible. Figure-toi que moi, j'aurais bien préféré avoir des parents qui me souhaitent mon anniversaire quand ça leur chantait et qui ne me frappent pas, et qui me donnent du chocolat, et qui m'appellent "mon Loulou".

— Qu'est-ce que tu dis ?

— Rien. C'est juste que tu parles en dormant.

— Rien ? Alors tais-toi. D'ailleurs, je ne t'ai pas demandé de venir et je n'ai aucun besoin de toi.

— Eh bien tant mieux ! Parce que moi, je débarque. Mes études m'attendent. J'ai fait ce que j'ai pu pour te ramener, maintenant c'est fini ! (Il tenta de se calmer.)... J'irai voir tes parents et je leur expliquerai ce qui s'est passé.

— Tu feras quoi ? Je t'interdis bien d'aller chez Abalain !

— Julien, bon sang !... Juste pour qu'ils sachent que tu es toujours vivant.

— Je ne veux pas qu'ils sachent que je suis vivant ! Je veux qu'ils aient de la peine, qu'ils souffrent ! »

Gabriel secoua la tête avec découragement.

« Moi aussi, je suis parti sans rien dire. Mais moi, je suis sûr que mes parents s'en moquent complètement.

— Moi aussi, ils s'en moquent, cria Julien en frappant du pied avec rage. Des fourbes, des menteurs, des hypocrites ! »

*
* *

Curieusement, c'est le silence, qui réveilla Julien : on n'entendait plus le choc des vagues contre la coque du bateau. Gabriel n'était pas là. Il était parti sans même lui dire au revoir.

Il s'en fichait. Il n'avait besoin de personne. « Je suis né le 22 février à Haïti », se répéta-t-il. Il se laissa tomber en bas du tas de sacs et grimpa sur le pont.

Le bateau était à quai. Pour la première fois depuis leur départ, le soleil brillait, et ça faisait du bien. On était en train de monter à bord de grosses barriques d'eau potable, que le tonnelier examinait avec attention.

« On n'est jamais trop prudent, commenta-t-il en apercevant Julien. Un défaut de conservation, et c'est la mort. »

Julien jeta un coup d'œil tendu vers les quais grouillant de monde, avec la crainte irraisonnée d'y découvrir le visage de René Abalain.

« C'est pour prendre de l'eau, qu'on fait escale ? demanda-t-il.

— Oui. Et des fruits et des légumes frais. On y a intérêt si on veut éviter le scorbut. Eh ! Fais attention à toi ! »

Julien recula. Au-dessus de sa tête passait un filet contenant une grosse caisse en planches, qu'on dirigea ensuite vers l'écoutille centrale pour la descendre dans l'entrepont.

« Qu'est-ce qu'elle contient ? s'informa-t-il.

— Aucune idée. Il y en a trois comme ça. »

Le regard de Julien revint vers la terre. Aucune trace de Gabriel au milieu des suroîts d'un rouge passé qui parsemaient les abords des débits de boissons. Les matelots avaient presque tous profité de l'escale pour descendre à terre, mais lui ne quitterait pas le bord, il se l'était bien promis. Confusément, il sentait que, s'il posait le pied sur le quai, sa volonté pourrait fléchir. Or il était d'Haïti, pas de Saint-Père-en-Retz. Et d'ailleurs, il n'avait pas d'argent à dépenser.

Il s'assit au soleil sur le gaillard d'avant pour observer la ville, et caressa distraitement le chat qui se frottait à ses jambes. C'est à ce contact qu'il remarqua pour la première fois que ses mains étaient rêches, striées de petites coupures, et que ses ongles s'ornaient de noir. Si Catherine Abalain les voyait...

« Toi non plus, tu ne descends pas, le chat ? soupira-t-il. Tu es bien, ici ? La terre ne te manque pas ?

— Il est bien ici, décréta Jos qui ravaudait ses chaussettes. Il est le roi. Sur un bateau, un chat vaut plus qu'un matelot.

— Il porte bonheur ?

— Il empêche le malheur. Et le malheur s'appelle "les rats". La pire plaie du navire. Ils seraient capables de le bouffer en entier et de le faire couler au milieu de l'océan. Oui, moussaillon, le chat du bord est plus important que le matelot. Et s'il meurt, la malédiction est sur le bateau. Je me rappelle une fois...

— Eh ! Jos, lança le tonnelier, je descends à terre, tu viens avec moi ?

— Moi ? Pour quoi faire ? J'ai passé si longtemps sur un bateau que quand je mets le pied sur la terre ferme, j'ai la tête qui me tourne. Toi, moussaillon, tu devrais y aller, ajouta-t-il en se penchant vers Julien. L'escale, c'est la meilleure partie du voyage. Du moins quand on est jeune... »

Le garçon fit une grimace signifiant que ça ne le tentait pas.

« Paraît que t'es orphelin ? » reprit Jos.

Un court instant, Julien eut envie d'avouer toute la vérité au vieux marin, puis, juste pour ne pas mentir, il choisit finalement de dire :

« Je ne sais même pas qui étaient mes parents.

— Moi non plus, moussaillon. Quelqu'un m'a déposé dans le tour de l'hospice des enfants trouvés, sans laisser son nom.

— Un tour ? Qu'est-ce que c'est ?

— Ben... Une espèce d'armoire pivotante, dans le mur de l'hospice. Tu déposes le nourrisson dedans, et puis tu fais tourner. Il se retrouve à l'intérieur de l'hospice sans que personne sache qui l'a laissé.

— C'est horrible.

— Ouaip, fit Jos. N'empêche que ça te sauve la vie. Tu ne crèves pas de froid dans une poubelle, c'est toujours ça de pris. »

Le voilier contemplait maintenant sa chaussette d'un air songeur.

« Tu vois, moussaillon... la vie vaut la peine d'être

vécue, ne serait-ce que par curiosité. La mienne, tu diras, n'a pas été glorieuse, mais je ne suis pas difficile. (Il reprit son aiguille et l'enfila dans le talon de la chaussette.) Y a qu'une chose... Quand j'étais petit, jamais personne ne m'a embrassé, et ça, je crois que ça m'a un peu manqué. »

Il se tut. Julien regardait ses pieds.

« Dis, Jos... tu t'es quelquefois demandé qui étaient tes parents ?

— Oh fichtre oui ! Souvent ! Je te dirais que, quand je les imaginais, ils étaient toujours riches et beaux. C'est l'avantage de ne pas les connaître : on les fait comme on veut. Je m'inventais des histoires. Ma préférée, c'était celle de la jeune fille de bonne famille qui attend un enfant sans être mariée, et le père – amiral de la flotte – (il rit) se débarrasse de l'encombrant braillard dans le tour de l'hospice. Peut-être que c'est pour ça que je me suis fait marin. Bah... ça n'empêche pas d'avoir deux jambes et deux bras, comme tout le monde... »

Julien eut un petit sourire, dans lequel flottait encore un peu d'amertume.

« T'en fais pas, moussaillon, finalement, c'est pas bien grave. Faut prendre la vie comme elle vient. T'en as qu'une, hein, alors tu ne vas pas passer ton temps à te ronger. Surtout... Tu veux que je te dise ?

— Quoi ?

— Les orphelinats d'aujourd'hui m'ont l'air meilleurs que ceux d'autrefois. Les gamins ne paraissaient jamais en bonne santé comme toi. On mangeait des patates et des fayots, des fayots et des patates. Des vêtements neufs, on ne savait même pas que ça existait. »

Julien haussa les épaules d'un air gêné.

« Et puis, maintenant, on vous embarque pour jouer du violon ! Nous, on savait même pas ce que c'était qu'un violon. À douze ans, on nous donnait le choix : paysan ou marin. Dans les deux cas...

— La marine, c'est mieux, tenta Julien.

— Ouaip ! Si on veut. Commis de ferme, c'était l'enfer sur la terre. Mousse, c'était l'enfer sur la mer. Voilà la différence. Là, moussaillon, c'est une partie de ma vie que je ne regrette pas. Tu vois, il y a des jours, ça me donne encore des cauchemars. On n'avait que douze ans, et on était traités pires que des bêtes. C'est pour ça que je te dis que tu as de la chance. Allez... les mauvais moments, faut pas s'en souvenir... Tiens, voilà notre chirurgien, et bien chargé ! »

Julien se retourna. Gabriel était en train de jeter des matelas sur le pont.

« Tu n'es pas parti ? s'étonna Julien en essayant de masquer le soulagement qui l'avait saisi.

— Parti ? Il aurait fallu que je déserte. Tu

oublies que j'ai signé un engagement. Tiens, j'ai demandé au capitaine une avance sur mon salaire et j'ai acheté deux matelas. Il y en a un pour toi. Ce sera plus confortable.

— Pour moi ?

— Eh bien oui. Pourquoi est-ce que tu fais cette tête-là ? Si j'en avais un et toi pas, je serais obligé de te faire une place sur le mien. Ça ne m'arrangerait pas du tout. »

Gabriel récupéra les matelas et s'éloigna vers l'écoutille. Il avait parlé avec décontraction, mais Julien commençait à le connaître : quand il redressait le buste de cette façon, c'est qu'il avait pris une décision qui lui coûtait. À quel moment s'était-il rendu compte qu'il ne pouvait pas repartir, qu'il était prisonnier de son engagement ?

« Un engagement, demanda-t-il à Jos, on ne peut pas le rompre ?

— Normalement non. Sauf que des marins qui désertent leur bord, il y en a à la pelle. C'est ce que je lui ai dit, à l'autre moussaillon.

— Tu le lui as dit ?

— Et aussi que, s'il partait, personne n'irait le chercher. On en embaucherait un nouveau, peut-être même déserteur d'un autre bâtiment. On fait ça tout le temps. Apparemment il n'en a pas profité. »

Julien regarda Gabriel jeter les matelas par l'écoutille, avant de se laisser tomber à son tour dans l'entrepont. Avait-il eu des scrupules à rompre son engagement ? Était-il resté à cause de lui ?

Julien ne le demanderait pas. Il n'avait aucune envie de connaître la réponse, et Gabriel n'avait certainement aucune envie de la lui donner.

*
* *

Le navire reprit la mer deux jours plus tard pour continuer sa descente vers le sud. Il commençait à faire moins froid, on se serait cru au printemps.

Un matin que le ciel était bleu et qu'une petite brise gonflait les voiles, Julien et Gabriel songèrent que le temps était idéal pour faire leur lessive. Inutile, bien sûr, de rêver d'eau douce : il fallait remplir les baquets à la pompe à eau de mer qui se trouvait près de la cuisine. Quant au savon...

« Du savon ? s'esclaffa Blaise-Benoît. Du savon comme chez les riches ? Je n'en ai jamais vu de ma vie. Tu n'as qu'à pisser dans l'eau, comme tout le monde. »

C'est à cet instant que, derrière lui, surgit une tête effrayante, rouge et jaune, surmontée de plumes. Le cuisinier s'écarta avec effroi tandis que l'être monstrueux, couvert d'une barbe rousse qui lui tombait jusqu'aux pieds, pointait vers les garçons un trident acéré. Julien poussa un hurlement. Alors, le monstre se précipita sur lui, le piqua de son trident, et le bascula dans le baquet d'eau.

Des cris retentirent sur le pont. Gabriel venait d'être poussé dans l'autre baquet. Des clameurs suivirent, et des rires. Des rires... Les marins se tordaient.

« Les salauds, grogna Julien en reprenant lentement des couleurs.

— Allons, moussaillons, chuinta Jos en retirant sa grande barbe, je vois que vous n'êtes pas tout à fait morts de frayeur, et que vous avez donc passé avec succès le baptême des tropiques !

— Les salauds ! » répéta Julien sans même s'en apercevoir.

Il s'extirpa du baquet, se saisit d'un seau, le remplit prestement et en envoya le contenu sur les rieurs. Gabriel l'imita, déclenchant un chahut monstre, dans lequel le capitaine n'intervint pas. C'est quand les cris et les exclamations s'arrêtèrent enfin, qu'on remarqua les premiers coups de marteau. Les deux garçons n'y prêtèrent pas attention, mais Jos avait tendu l'oreille. Le bruit venait de l'entrepont.

« Ça, lâcha le vieux marin en crachant son jus de

chique dans l'océan, ça me rappelle de bien mauvais souvenirs. »

De sa démarche chaloupée, il gagna l'écoutille, aussitôt suivi par Youenn – dont la tête était toujours déformée par une bosse qui avait viré au noir –, et ils se penchèrent tous deux vers l'entrepont.

« Qu'est-ce qu'il y a ? s'intéressa Julien.

— C'est Anselme, dit Youenn. Je ne sais pas ce qu'il fait.

— M'est avis, intervint Jos, qu'il fait un faux-pont. »

Il y eut un grand silence, seulement ponctué par les coups. D'autres curieux s'étaient approchés, et ils regardaient par l'écoutille avec surprise et inquiétude.

« C'est quand même pas possible ! souffla Youenn.

— Ah non ! cria un gabier d'un ton furieux.

— Ils ne feraient pas ça ! » dit un autre.

Julien n'y comprenait rien. Anselme clouait des planches, voilà tout.

« Ils le font ! s'exclama Jos. Je serais vous, j'irais vérifier ce qu'on a embarqué dans ces trois grosses caisses, là, celles qu'on a chargées à La Corogne. »

Deux marins se laissèrent tomber dans l'entrepont tandis que les autres s'agglutinaient autour de l'écoutille.

Julien n'arrivait aucunement à imaginer ce qu'il pouvait y avoir de redoutable dans ces coups de marteau, ni ce que contenaient les caisses. Comme elles avaient été introduites en dernier dans le navire, elles se trouvaient juste au-dessous de l'écoutille. Maintenant, les deux hommes qui étaient descendus glissaient l'extrémité d'une barre de fer sous les planches. Ils donnèrent quelques coups pour faire sauter une lame, et le silence aussitôt s'abattit sur le groupe.

« Je le savais, lâcha Jos. Nous étions trop nombreux sur ce navire pour une traversée ordinaire. Et le moussaillon a trouvé des cauris dans la cargaison. »

Julien et Gabriel contemplaient avec étonnement le contenu des caisses : c'étaient des anneaux et des barres de fer.

« À quoi ça sert ? demanda Julien.

— À quoi ça sert ? s'exclama Youenn. Des fers à esclaves ! Ce sont des fers à esclaves ! »

Une voix leur parvint alors de l'arrière.

« Que se passe-t-il ici ? »

Le capitaine arrivait. Escorté de Loïc Guérineau, son second, et du lieutenant.

« Il se passe, répondit Youenn, que ce navire est armé pour la traite. Que nous n'allons pas aux

Antilles en droiture, que nous passons par l'Afrique.

— Il y a, dit une voix, que nous allons acheter des esclaves.

— C'est interdit ! cria une autre. La traite des nègres est interdite ! »

Et tout le monde se mit à glapir, à tonner, à vociférer.

« On ne s'est pas embarqué pour ça !

— On ne veut pas participer à ça !

— On n'a pas le droit d'acheter des hommes !

— Une cargaison de Noirs, c'est de la poudre qui risque de nous péter à la figure !

— Ça suffit ! s'emporta le capitaine. Vous êtes assez nombreux pour pouvoir faire régner l'ordre et... »

Il fut interrompu sans ménagement.

« Sur un négrier, il y a encore plus de morts parmi les marins que parmi les Noirs ! Un négrier, c'est un mouroir. On n'a pas signé pour ça !

— Et on va se faire prendre en chasse par les Anglais, on va se faire alpaguer par la Royal Navy, et on sera bon pour les galères. »

À la surprise générale, le capitaine éclata de rire.

« Me prenez-vous pour un inconscient ? Jamais la Royal Navy ne nous rattrapera : ce bateau est fin et rapide, plus rapide que tous leurs bâtiments.

Néanmoins, croyez que je comprends vos craintes, aussi j'ai prévu de doubler votre salaire et votre ration de tafia[1]. Maintenant, retournez à votre travail.

— Retournez au travail ! » répétèrent en écho les voix impérieuses du second et du maître d'équipage.

Il y eut un temps d'hésitation, puis les hommes se mirent en mouvement, se dispersant peu à peu. Leurs yeux restaient pleins de colère et ils maugréaient à voix basse.

« Je vous l'avais bien dit, moussaillons, lâcha Jos. Deux charpentiers sur un navire, c'est un de trop. Celui de trop est en train de fabriquer un faux-pont au-dessus de l'entrepont, pour parquer les Noirs. Et il le fait pendant qu'on est en mer, parce que dans les ports, il y a des contrôleurs. Si un contrôleur s'en était aperçu, il aurait empêché le bateau de prendre la mer.

— Je me rappelle, dit alors Julien, qu'à Mindin, le capitaine a dit de faire monter le charpentier discrètement, et d'attendre pour embarquer les miroirs et les perles.

— M'étonne pas. Les miroirs, le papier doré, les

1. Rhum.

cauris, les perles, c'est aussi révélateur qu'un faux-pont. Ça sert à acheter les esclaves en Afrique. »

Gabriel semblait pétrifié.

« Un navire négrier..., souffla-t-il comme s'il n'arrivait pas à s'en persuader. Un navire négrier ! Je ne veux pas... Je ne veux pas. Il ne faut pas rester ici. Il faut débarquer au premier port.

— Le premier port ? fit Jos avec un rire grinçant. Le prochain port où on fera relâche sera un port d'Afrique. Pas fou, le capitaine. Il n'a rien fait qui puisse révéler nos projets avant que nous soyons durablement en mer. Si tu veux quitter le navire, tu n'as qu'une solution : plonger. Et ça fera bien plaisir aux requins, crois-moi. »

*
* *

« Allons, Catherine, cessez donc de pleurer.

— Je ne pleure pas, mon ami.

— Je suis votre mari et je vous connais mieux que quiconque. Dites-vous que, pour l'instant, il est en mer, et qu'un jour il abordera. Et là, comptez sur moi, je saurai le retrouver. Son navire est parti pour Haïti. Personne ne sait où il doit faire escale, mais il arrivera à Port-au-Prince dans deux mois au plus, et là... Vous savez que je n'ai jamais perdu le contact avec l'île, et que Rémousin, mon agent, sera prévenu. Je lui ai envoyé un courrier par un bateau qui a levé l'ancre deux jours seulement après le *Prince Sauvage*.

— Il est si jeune !

— Il a douze ans. Beaucoup d'enfants de son âge...

— Ne me dites pas cela, René, cela ne sert à rien. Aucune mère ne supporte de savoir son petit sur la mer... Mon Dieu, je veux qu'il revienne ! »

Catherine se mit à sangloter et René se tourna vers la fenêtre pour qu'elle ne voie pas les larmes qui lui montaient aux yeux.

« Beaucoup d'enfants s'embarquent comme mousses, tenta-t-il de nouveau.

— Le plus terrible, interrompit sa femme comme si elle ne l'avait pas entendu, c'est qu'il est parti désespéré. Que pense-t-il de nous ? Que pense-t-il ? Oh mon Dieu ! Protégez mon petit ! »

6

Saint Capitaine

Julien tâta sa chemise blanche (ou plutôt grise), qui séchait (ou plutôt tentait de sécher) sur les haubans. Il n'y connaissait pas grand-chose en lessive mais quand il vivait chez les Abalain, jamais son linge n'avait cette moiteur.

« Ma chemise n'est pas encore sèche, rouspéta-t-il. Pourtant il y a du soleil et du vent ! Il lui en faut, du temps ! »

Le cuisinier tâta le vêtement.

« Cette chemise est impeccable, jugea-t-il.

— Impeccable ? Elle est encore toute poisseuse !

— Eh oui, faudra t'y faire, mon gars ! La lessive à l'eau de mer ne sèche jamais vraiment. Et autant t'y habituer, parce qu'on est sur ce bateau pour un moment.

— Combien de temps ?

— Deux mois pour l'Afrique, peut-être deux mois pour acheter des esclaves, plus deux mois pour les Antilles. Six en tout. »

Julien émit un petit grognement. Il s'apercevait avec surprise qu'il en était presque soulagé. Sur ce bateau, il se sentait hors du temps. Ni ici, ni là. Ni nulle part. Ni personne.

Personne... C'est ce qu'il était de toute façon.

« Six mois, ce n'est pas si long. Tu ne manques de rien, ici.

— Si. De... de chocolat. »

Le cuisinier lui lança un regard surpris.

« C'est marrant que tu dises ça, parce qu'au début, quand je me suis embarqué, c'est ce qui m'a manqué le plus. Le chocolat, c'est comme le tabac. Quand tu n'en as plus, tu te sens orphelin. »

Gabriel, qui entrait à cet instant, s'étonna :

« Tu as déjà mangé du chocolat, BB ? Tu étais donc riche ?

— Riche, non. Chez nous, en Guadeloupe, on

en cultivait. Et comme on n'avait rien d'autre à manger... C'est pour ça que je suis couleur de cacao.

— Moi aussi, observa Julien avec une subite inquiétude, je suis couleur de cacao.

— Toi ? s'exclama Blaise-Benoît en riant, ce n'est pas pareil. Tu es de la race des Blancs. Moi, mon père seulement était blanc. Ma mère était noire ; une esclave du domaine. Le maître n'a jamais voulu reconnaître que j'étais son fils, cependant il a libéré ma mère et il lui a donné une petite maison avec quelques pieds de cacaoyers, c'est pour ça... »

Cacaoyers... À sa grande honte, Julien venait de s'apercevoir qu'il ne savait pas à quoi cela ressemblait. À des plants de haricots ?

« Du cacao, reprit-il pour masquer son ignorance, il y en a plusieurs variétés. C'était du criollo ?

— Je vois que monsieur est un connaisseur... Comment ça se fait ? Il fait si chaud à Nantes qu'on y cultive du théobroma ?

— Théobroma, releva Gabriel. Du grec *theos*, qui veut dire "dieu" et *brôma* "nourriture". "Nourriture des dieux".

— Tu as peut-être raison, fit BB, interloqué.

— Je sais le traduire, avoua modestement Gabriel, mais je ne sais pas ce que c'est.

— Le théobroma, expliqua le cuisinier, c'est la

seule espèce de cacaoyer qui produise du cacao mangeable. Et il y en a deux sortes : le criollo et le forastero. Le criollo, c'est le meilleur, seulement c'est fragile et compliqué à obtenir. Chez nous, on fait du forastero, qui pousse vite et qui donne bien. Tu ne m'as pas répondu, Julien... On en cultive à Nantes ?

— Non, c'est juste que... j'ai travaillé dans une chocolaterie. »

Le temps était calme, les matelots digéraient en fumant sur le gaillard d'avant. Julien regarda vers la dunette. À la barre, le timonier était Youenn. Cela faisait longtemps qu'il cherchait à lui parler, car Youenn connaissait Haïti, ce qui était une incroyable chance. D'ailleurs, depuis qu'il le savait, Julien avait beaucoup moins d'angoisses concernant son arrivée sur l'île.

Il évalua la distance qui le séparait de la dunette et commença à s'approcher discrètement. En principe, en dehors du timonier, seuls les officiers y avaient accès. Par chance, ceux-ci étaient actuellement réunis dans le « carré », pièce qui se trouvait juste en dessous, et où ils tenaient conseil. Il fallait en profiter. Julien se coula le long de la rambarde et grimpa silencieusement les quelques marches.

« Tout va bien ? » demanda-t-il en s'asseyant sur un tas de cordages au pied de la barre.

Immobile, très droit, les deux mains posées sur la roue, Youenn regardait vers le lointain en plissant les yeux.

« Tu sais que tu ne dois pas être là, fit-il enfin remarquer.

— Je sais. Mais le temps est calme, tu n'es pas très occupé, tu n'as même pas à bouger la barre, et je voudrais que tu me parles d'Haïti. Comment c'est ?

— C'est beau », répondit le timonier, l'esprit visiblement ailleurs.

Depuis qu'il avait appris la vérité sur le navire, il était comme ça, d'une humeur morose.

« Si tu es né là-bas, insista Julien, c'était au temps de l'esclavage ? »

Youenn finit par tourner la tête, observa un moment le garçon, puis reprit son allure martiale, l'œil sur l'horizon.

« Oui et non, dit-il enfin. Je suis né juste à la fin. L'année de la grande révolte des esclaves, en 1791. Ça fait vingt-neuf ans. Et je suis né au milieu des flammes.

— Qu'est-ce qui brûlait ?

— La plantation. Mes parents – ils étaient venus de Bretagne, comme l'indique mon prénom –

avaient une petite plantation de canne à sucre. Quand les esclaves en colère ont mis le feu partout, mes parents ont voulu s'enfuir à la ville ; seulement c'est le moment que j'ai choisi pour annoncer mon arrivée. Alors ils sont restés. Pendant que je venais au monde, mon père jetait de l'eau sur les murs de la maison pour les empêcher de s'enflammer.

— Et ensuite ?

— Ensuite, ça s'est calmé, mais les récoltes étaient parties en fumée, la sucrerie saccagée, et on n'avait plus rien. Mon père n'avait pas les moyens de replanter. Alors il nous a laissés sur le petit bout de terre qui nous restait, et il s'est embarqué comme matelot.

— Et votre terre se trouvait près de chez René Abalain ?

— C'est ça. Sur la paroisse de l'Arcahaie. Quand je prononce ce mot, j'ai le cœur qui se serre. J'ai tellement hâte d'arriver : ça fait presque un an que je n'ai pas vu ma fille. (Il baissa la voix, pour qu'on ne l'entende pas depuis le carré qui se trouvait sous leurs pieds.) Et ce maudit capitaine qui passe par l'Afrique !

— Peut-être qu'on n'ira pas jusqu'en Afrique, chuchota Julien. Puisque la traite est interdite, il y a sûrement des bateaux qui surveillent. Ça ne doit pas se passer si facilement. »

Youenn ferma ostensiblement les lèvres, immobilisa la barre avec une lanière de cuir et fit signe à Julien de le suivre. L'un derrière l'autre, ils descendirent sur le pont principal. Ce n'est qu'en rejoignant Gabriel et Jos près de la pompe à eau que, tout en sortant sa pipe de sa poche, Youenn répondit enfin :

« Le capitaine est un vieux renard. Évidemment, il ne va pas raconter qu'il vient chercher des esclaves. »

Il commença à bourrer sa pipe, et Julien, extirpant à son tour la sienne, tenta d'imiter ses gestes.

« Il prétendra, intervint Jos, qu'il s'intéresse à l'huile de palme et à l'ivoire.

— Toi, Jos, observa Gabriel avec un peu d'humeur, on dirait que tu t'en fiches. D'ailleurs, il y a longtemps que tu avais compris, et tu n'as rien dit.

— Je suis vieux, répondit le voilier sans se frapper, et j'ai cessé de me battre contre la marche du monde, parce que la marche du monde, je n'y peux rien. J'ai navigué vingt ans sur des négriers, et j'espérais bien ne plus jamais avoir à le faire. Mais le pauvre marin n'est pas maître de son sort. La preuve, tu vois ? Je croyais partir pour Haïti acheter du sucre, et me voilà en Afrique. »

Julien s'inquiéta soudain :

« Nous irons quand même à Haïti, non ?

— Alors là, moussaillon, ça m'étonnerait.

— Qu... ? »

De saisissement, Julien venait d'avaler une bouffée de fumée, et il ne pouvait plus s'arrêter de tousser. C'est Youenn qui réagit :

« Qu'est-ce que tu dis ? (Il fixa le vieux avec stupéfaction.) Crénom, tu as raison. Il n'y a plus d'esclaves à Haïti, on ne pourra pas vendre notre cargaison là-bas ! »

Julien n'arrivait même pas à suivre la conversation. La tête lui tournait et il avait envie de vomir. C'était cette maudite pipe... Il dut s'asseoir sur les cordages.

« Où est-ce qu'on va, alors ? s'exclama Youenn. Moi, je veux retrouver ma femme et ma fille !

— Ne t'affole pas, calma Jos. De toute façon, on va traverser l'océan. À Mindin, le capitaine a dit "Haïti" pour qu'on ne puisse pas soupçonner son trafic, mais on se dirige sûrement vers les Antilles. Il y a des marchés sur les autres îles, où l'esclavage n'a pas été aboli : La Martinique, La Guadeloupe, Cuba...

— Et combien on mettra de temps à y arriver ? »

*
* *

L'ordre prit Julien au dépourvu, au moment où il était en train de jeter son fil à pêche par le sabord ouvert : le capitaine voulait voir tout le monde, immédiatement, sur le pont principal.

« Tout le monde » le rassura un peu, car il redoutait toujours de se trouver seul en face du capitaine. Bien que celui-ci ne lui ait fait aucun mal, il en avait une peur irraisonnée. Il accrocha son fil à un clou qui dépassait, traversa l'entrepont en courant et grimpa avec l'agilité d'un vieil habitué l'échelle qui menait au pont. Là, il se faufila dans la foule et se cala entre Youenn et Blaise-Benoît.

Le discours du capitaine lui parut aussi ennuyeux que les sermons de leur vieux curé. Il y était question de discrétion, de devoir du matelot, et de l'Afrique. (L'Afrique se trouvait au sud, c'est tout ce que Julien en savait. Il n'avait jamais été passionné par la géographie.) Suivirent de basses flatteries aux « vaillants marins » qui « n'avaient pas froid aux yeux » et « savaient où était leur intérêt ». Le capitaine tourna beaucoup autour de ce dernier point, qui lui semblait apparemment décisif. L'ambiance malsaine qui faisait bruire le bateau depuis deux jours ne lui avait certainement pas échappé, et il se forçait à un ton détendu, pour donner à penser que toute cette affaire ne serait qu'une petite plaisanterie rapidement réglée.

« Nous avons actuellement deux possibilités, poursuivit-il, le Rio Pongo ou Bonny. Notre choix sera guidé par les circonstances. Certains d'entre vous ont-ils déjà navigué dans ces contrées ? »

C'était bien la première fois que le capitaine consultait son équipage. Pour qu'il se sente davantage concerné par l'expédition ?

Julien jeta un regard à Jos, qui ne fit pas mine d'ouvrir la bouche.

« Moi, dit enfin un marin. Avant l'interdiction. Je suis allé sur le Rio Pongo.

— Comment est l'endroit ? demanda le capitaine.

— Je me rappelle qu'il y a un delta à l'embouchure de la rivière, à moitié bouché par une barre de sable. Pas facile de trouver le chenal. Il faut demander un pilote. Et puis après, il y a des tas d'îles où on risque de s'échouer, et des grands arbres et des mangroves malsaines. On y attrape toutes sortes de sales maladies. Le navire ne peut pas y passer, on doit jeter l'ancre et remonter en canot jusqu'à la factorerie d'esclaves de Bagalang.

— C'est exact, dit le capitaine. Et Bonny ? Quelqu'un connaît la rivière ? »

Il y eut un silence.

« La rivière de Bonny est plus lointaine, mais sans doute plus sûre. C'est là que nous irons, conclut-il alors.

— C'est ça, chuinta Jos. Parmi les crocodiles, les moustiques et les requins. »

À cause du vent qui soufflait de face, personne ne sembla l'avoir entendu, à part Julien.

« Sachez pour vous rassurer, reprit le capitaine d'une voix forte, que nous ne volons personne : nous achetons les esclaves un bon prix, et cela fait à la fois les affaires de leur pays et du nôtre, car nos colonies ont un cruel besoin de main-d'œuvre.

— Pas l'affaire de ceux qui sont vendus, saint Capitaine », siffla Blaise-Benoît entre ses dents.

Il n'avait pas parlé assez fort pour que Chevillot entende, et celui-ci continua :

« Vous ignorez sans doute que, chez eux, ils sont déjà esclaves. L'esclavage existe depuis toujours en Afrique, et ces gens ont été capturés bien avant notre arrivée.

— Si on n'allait pas en acheter, susurra Jos par un coin de sa bouche qu'il tordait avec un grand savoir-faire, ils auraient moins de raisons de faire des prisonniers.

— Et croyez-moi, poursuivait le capitaine, ils

seront mieux aux colonies que chez leur actuel maître africain. »

Cette fois, c'est de nouveau Blaise-Benoît qui grinça :

« Il croit ce qu'il veut. Il n'a jamais vu le travail des Noirs sur les plantations.

— Chez les planteurs, ils sont nourris et soignés. Ils font presque partie de la famille.

— Ils sont mal nourris, battus, ils sont loin de leur pays, arrachés à leur famille, ils travaillent du matin au soir sans espoir de sortir de là, commenta Blaise-Benoît avec colère.

— J'entends des murmures ! » s'exclama le capitaine d'un ton menaçant.

Les officiers levèrent brièvement leur cravache, ce qui fit taire les protestataires. De l'arrière du groupe, Anselme surveillait lui aussi les matelots d'un air inquisiteur. S'il y avait mutinerie, c'était son travail sur le faux-pont qui en pâtirait et il refusait de dire adieu à sa prime.

« Qui peut se donner le droit de soumettre les autres à l'esclavage ? s'écria alors Youenn.

— Qui a parlé ?

— Le timonier ! dénonça Anselme.

— Trois douzaines de coups de fouet ! » hurla le capitaine.

Contrairement à ce qu'espérait Julien, personne

ne protesta. Au contraire, deux hommes se jetèrent aussitôt sur Youenn, qui se débattit. Inutilement, car le seul résultat fut que sa pipe vola et s'engloutit dans les flots.

« Ne t'en fais pas, moussaillon, rassura Jos, il survivra. Aucun capitaine n'a intérêt à tuer ses hommes, il doit seulement asseoir son autorité.

— Je le déteste, fulmina Julien.

— Tu as attrapé un poisson ? demanda le vieux pour détourner la conversation.

— Je l'ai fait cuire en cachette, et je l'ai apporté à Youenn. Et je lui ai aussi donné ma pipe.

— Tu es un bon gars, moussaillon. »

Julien ne répondit pas. Personne n'avait besoin de savoir que sa pipe ne lui manquerait pas.

« En échange, avoua-t-il tout de même, Youenn m'a donné une chemise presque neuve. »

Presque neuve et trop grande. Et il était heureux. Aurait-il pu l'imaginer quelques semaines auparavant ?

« Youenn, reprit Jos, il a trop de dents. Ça fait qu'on comprend bien ce qu'il dit. Moi, personne ne me punit jamais : on ne peut pas être sûr de mes mots. »

Julien n'était pas persuadé qu'il soit louable de parler pour n'être pas entendu.

« Tu y es allé, n'est-ce pas, sur la rivière Bonny ?

— Oui.

— Et tu ne l'as pas dit au capitaine.

— Non. Le pauvre marin, il n'a aucun pouvoir. Pourquoi il aurait celui de collaborer ?

— Alors, tu as vu des Noirs ?

— Évidemment.

— Comment sont-ils ? demanda Julien avec curiosité.

— Noirs. Comme si on les avait passés au cirage. Avec des dents blanches comme l'écume de la mer. Ceux de la rivière Bonny, tiens, je m'en souviens bien. Ouaip ! Ils étaient forts comme des Turcs. Quand ils arrivaient en caravanes, les mains attachées dans le dos avec des liens de bambou et les pieds entravés pour qu'ils ne puissent pas s'enfuir, on en était tous impressionnés. Ils étaient souvent blessés, épuisés et, malgré ça, on n'osait pas s'approcher d'eux : sûr que d'un simple coup d'épaule, ils pouvaient nous envoyer nous fracasser contre un tronc. Faut dire, ceux qui arrivaient jusque-là étaient les plus costauds, ceux qui avaient résisté. Le plus souvent, ils s'étaient fait capturer pendant qu'ils étaient isolés, en train de travailler aux champs. Évidemment, ils avaient résisté ; seulement contre des agresseurs armés de fusils et à cheval, ils ne disposaient que d'un outil de jardinage...

Ça fait qu'ils étaient toujours plus ou moins grièvement blessés, et, à cause de ça, il fallait en capturer cinq pour espérer en ramener un vivant.

— Et alors on les faisait monter sur les bateaux ?

— Pas tout de suite. Les caravaniers les vendaient aux esclavagistes. Ceux-là les enfermaient dans des factoreries, derrière de hauts murs, et puis ils allaient discuter des conditions de la vente avec les capitaines des bateaux. Au temps dont je te parle, la traite était autorisée, et les navires attendaient en file, au mouillage, que leur tour arrive. Nous, les marins, on patientait. Dans la chaleur suffocante, au milieu des moustiques, sous les trombes d'eau des averses tropicales. C'était miracle quand on ne chopait pas des saletés de maladies ou de parasites.

— Julien ! appela le second, le capitaine te demande. »

7

Île sur bâbord

Julien souleva la chemise et la considéra d'un œil peu tendre. Elle était repoussante, il la rejeta sur le côté. La deuxième... l'était encore plus. Beuh ! Il examina avec attention la troisième, celle qu'il avait échangée contre sa pipe... Quelle horreur ! Il reprit la première chemise qui, somme toute, lui sembla la plus portable des trois et l'enfila. Il avait renoncé à laver : plus il lavait, plus les chemises lui grattaient la peau. Enfin habillé, il saisit le violon que le capitaine lui avait confié, en lui ordonnant : « Tu joueras pour les hommes pendant les manœuvres. Ça donne du cœur à l'ouvrage et ça aide à mieux chanter. »

Était-ce pour cela qu'on l'avait engagé ? Pourquoi alors ne le lui demander qu'aujourd'hui ? Parce qu'il fallait faire oublier aux marins leur ressentiment ? Le capitaine avait visiblement autre chose derrière la tête, mais Julien n'arrivait pas à savoir quoi.

Il passa son archet sur les cordes. Ses doigts étaient devenus gourds, et le son qui sortait aurait fait hurler son professeur. De toute façon, le violon lui-même l'aurait fait hurler. Quant à l'archet, c'était un vague bout de bois tendu de crins qui devaient avoir appartenu à un cheval préhistorique, et il était inutile de vouloir compter sur un peu de colophane pour les amadouer.

Au fond, ça lui était égal. Il était maintenant dans un ailleurs où les valeurs enseignées par ses professeurs n'avaient plus cours. Mozart et Bach étaient inconnus, et cela ne lui faisait même pas de peine. Il commençait à se tailler un joli succès en jouant les couplets tandis que les matelots reprenaient en chœur les refrains en tournant le cabestan[1]. Pour la première fois, il avait vraiment l'impression de servir à quelque chose.

---

1. Treuil aidant aux manœuvres.

« Entraîne-toi sur les chansons que tu connais, lui avait suggéré Loïc, le second, surtout des chansons gaies, ou des danses. »

Des danses, il n'en connaissait aucune, et, finalement, son ignorance était une chance : il avait été obligé de se renseigner auprès des matelots. Les hommes adorent qu'on ait besoin d'eux, cela leur donne de l'importance à leurs propres yeux. Et les matelots, ils en avaient plein la tête, des airs. Ni valse ni polka, mais des ridées ou gavottes de leur pays, qui se dansaient en lignes ou en ronds. Et ils étaient ravis de les lui apprendre. L'avantage sur Mozart et Bach, c'est que la mélodie était courte et se répétait tout le temps. Les hommes dansaient en faisant sonner leurs sabots sur les planches, et le roulement en ébranlait le pont. De temps en temps, Julien s'arrêtait de jouer pendant trois ou quatre mesures, juste pour le plaisir d'entendre le lourd battement rythmé qui lui montait jusque dans la poitrine et constituait à lui seul une musique extraordinaire.

L'ambiance s'était évidemment bien détendue et, dès qu'ils n'étaient plus occupés dans les voiles, les matelots lui apprenaient de nouveaux airs. Parfois, du haut d'un mât, un gabier lui faisait signe qu'il venait d'en retrouver un. Julien avait oublié ses angoisses, il se sentait heureux. À cause d'un vieux violon, il était devenu la mascotte du bord.

Le voyage se déroula sans le moindre incident, mis à part la chute d'une vigie depuis le mât de misaine, chute heureusement amortie par le petit hunier[1]. Gabriel n'avait guère à soigner que des écorchures, des rhumatismes ou des abcès. On n'avait pas eu la moindre tempête, le vent soufflait régulièrement et le bateau filait vite et droit. Si on avait osé, on aurait dit que Dieu était avec le *Prince Sauvage*.

On continuait à filer plein sud. Parfois, on croisait la route d'autres navires et on tirait un coup de canon pour les saluer. Bien qu'on soit en janvier, le soleil commençait à taper dur.

Un jour, il était dans les midi quand la vigie hurla :

« Canot à tribord ! »

Le capitaine monta sur la dunette, ajusta sa longue-vue :

« Ce n'est pas un canot, bougre d'ignorant, grogna-t-il, c'est une pirogue. »

Tout le monde se précipita pour voir ce que le capitaine appelait « pirogue », et qui s'approchait à grands coups de rames. Il s'agissait d'une barcasse

1. Voile carrée à l'avant du bateau.

tout en longueur, occupée par trois hommes. Elle venait visiblement des terres qu'on apercevait au loin, les îles du Cap-Vert.

« Faites hisser le pavillon », ordonna le capitaine.

Quand la pirogue accosta le navire, Julien n'en crut pas ses yeux : les hommes étaient noirs, vraiment noirs. Leurs cheveux étaient courts et crépus, leur nez épaté, leurs joues marquées de grandes cicatrices, mais pour le reste, ils étaient constitués tout à fait comme eux. Sauf que leurs vêtements étaient des plus simples : un pagne qui leur entourait les reins. Au moins, songea-t-il avec envie, ça ne devait pas leur gratter la peau.

L'un d'eux demanda d'une voix forte et dans un français approximatif à parler au capitaine. L'instant d'après, il montait à bord. Julien en fut éberlué. Ce Noir ne semblait pas redouter d'être capturé. Il ne savait donc rien des intentions de leur bateau ?

Le capitaine, le second et le lieutenant s'enfermèrent alors dans le carré, et personne ne sut rien de ce qui s'y disait.

La pirogue était remplie de fruits incroyables : des oranges, des bananes, des ananas, que chez eux, seuls les gens riches pouvaient s'offrir. Or le cuisinier acheta le tout contre seulement deux bouteilles de rhum.

Une demi-heure passa, puis l'homme monté à bord regagna sa pirogue.

« Dis donc, Jos, s'ébahit Julien, le capitaine renonce à faire la traite ? Il a laissé repartir le Noir ! »

Le visage de Jos se plissa en un rire silencieux.

« Qu'est-ce que tu croyais ? chuinta-t-il enfin. Qu'on s'empare de tous les Noirs d'Afrique ? Jamais un Blanc ne capture un Noir : ce serait une vraie déclaration de guerre.

— Mais tu m'avais dit qu'ils faisaient des expéditions à cheval pour ramener des esclaves.

— Pas les Blancs ! Ce sont les Noirs, qui font ça. Les Blancs leur achètent ensuite les esclaves. Là-bas, tu sais, c'est comme partout : les hommes se font sans arrêt la guerre. Moi, j'ai vécu un temps sur la rivière Rio Pongo, près de la factorerie d'esclaves de Bagalang.

— Tu ne l'as pas dit au capitaine.

— Il n'a pas à le savoir. Et ce n'est pas la partie de ma vie dont je suis le plus fier. Remarque, quand j'y pense... je n'étais pas si mal. J'avais même une femme, là bas.

— Une femme noire ?

— Tout juste. Et elles valent bien les Blanches,

crois-moi. J'avais aussi une maison en roseaux, deux pièces et une véranda, avec un toit de palmes. Là-bas, il fait toujours chaud. Pas besoin de porte, ni de chauffage. Tu vis tout le temps dehors. Un coffre avec quelques armes, une natte pour t'asseoir, une table de bois blanc, quelques casseroles, un hamac, ça te suffit.

— C'est la belle vie ?

— Oui. Sauf pendant la saison des pluies. Des semaines, des mois, il pleut. Insupportable. On ne peut rien faire, que réparer le toit quand l'eau suinte, et on s'ennuie atrocement. En revanche, à la fin des pluies, alors là...

— Qu'est-ce qui se passe ?

— Les caravanes arrivent, moussaillon. Les caravanes ! Si tu n'en as jamais vu, tu ne sais pas ce que tu perds. C'est un spectacle, tu sais ! Des centaines de personnes, qui portent sur leur tête des peaux, des défenses d'éléphant, de l'or, du riz, du beurre, de la cire d'abeilles, de l'huile de palme. Ensuite viennent les prisonniers, attachés comme je te l'ai raconté, et puis les bœufs, les moutons, les chèvres, et ensuite les femmes. J'ai même vu un jour une autruche apprivoisée qui fermait la marche. Nous, on les attendait sur le bord de la rivière. Des gars arrivaient, des aboyeurs qu'on les appelait. Ils venaient annoncer la caravane, dire combien elle amenait de prisonniers, et ils les vantaient : à les entendre c'était de la belle marchandise comme on n'en verrait jamais plus, on avait une chance inimaginable, il ne fallait surtout pas rater cette occasion ! Nous, on attendait de vérifier... (Il s'interrompit.) Tiens, voilà nos chers officiers qui s'arrachent enfin de leur carré. Je me demande ce qu'ils ont décidé. »

Ils n'eurent pas à attendre. Les ordres claquèrent sur le bateau : on mettait le cap à bâbord.

« Bâbord, chuchota Jos. Si tu veux mon avis, moussaillon, on ne va pas à Bonny.

— Ah bon ? s'étonna Julien qui commençait déjà à regretter les crocodiles. Où on va, alors ? »

Si ses professeurs l'avaient entendu parler aussi mal, ils en auraient été abominablement offusqués.

« Bâbord..., fit Jos en réfléchissant. À bâbord, il y a une île. Elle s'appelle Gorée. M'est avis que le Noir qui est monté à bord tout à l'heure a indiqué au capitaine qu'on peut y trouver actuellement une réserve d'esclaves. Si ça marche, ça va bien nous écourter le voyage.

— Eh ! Regarde ! Une autre pirogue arrive. »

L'homme dans la pirogue ne ressemblait absolument pas au précédent. Il était tout aussi noir, mais portait des vêtements étonnants.

« On dirait qu'il les a trouvés dans la malle d'un vieux général de Napoléon, commenta Gabriel.

— Et qu'il a couché avec pendant dix ans dans l'antre d'un ours.

— Je veux parler au capitaine ! cria le Noir en mettant ses mains en porte-voix.

— Qui es-tu ? interrogea Loïc Guérineau, le second.

— Je m'appelle Bistocco. Je suis le meilleur courtier de la côte, du nord au sud. Je suis venu vous dire de ne pas vous rendre à Gorée, c'est un piège ! »

L'homme était un faux général mais un vrai bavard. Le temps d'attendre les ordres du capitaine, Julien et Gabriel avaient appris de sa bouche que, si on cherchait de bonnes affaires, il était l'homme de la situation, qu'il avait une très belle cargaison, en bonne santé, et que des prix plus petits que les siens, c'était impossible à trouver.

La tête de Guérineau apparut enfin à l'échelle du carré.

« Julien, demanda-t-il, fais-le descendre ici. »

Un peu impressionné et pas vraiment tranquille, Julien montra le chemin.

« Alors, lança le capitaine en voyant paraître le

Noir, tu t'appelles Bistocco et tu es courtier, à ce qu'on me dit ?

— Le meilleur courtier de la région. Et cette affaire de Gorée qu'on vous a proposée, c'est une filouterie. Vous savez, capitaine, avec les Noirs, il faut se méfier... sauf avec Bistocco. Avec Bistocco, c'est pas du tout comme ça. Avec Bistocco les affaires sont faciles et honnêtes. Parce qu'on gagne tous à l'honnêteté. C'est pour ça que les capitaines ne veulent faire affaire qu'avec Bistocco. D'ailleurs, ils m'ont donné des certificats pour dire comment ils ont été contents. Vous pouvez les voir. »

Et il déposa sur la table des papiers pliés en quatre.

Sans les lire, le capitaine repoussa sur le côté ces certificats inutiles et peut-être faux, et commença à débattre avec l'homme de ses « perruches[1] », de leur âge, de leur état de santé, du nombre de « mâles » et de « femelles » disponibles, de leur race.

« Julien, ordonna enfin le capitaine, viens donc t'asseoir à cette table, prends du papier et note ce qu'il dit.

— Moi ? fit Julien, ahuri.

1. La traite des hommes étant interdite, on les appela « perruches », puis plus tard « bois d'ébène ».

— Toi. Sur ce bateau, il n'y en a guère qui sachent écrire, correctement. Je sais que tu as une belle écriture : je l'ai vue sur la prétendue autorisation de l'orphelinat que tu m'as présentée pour embarquer. Reprenons, Bistocco. Nous disions donc... »

Le Noir souhaitait évaluer la marchandise contre laquelle il troquerait ses prisonniers. Il voulait des bassines de cuivre, des cotonnades – surtout des bleues – et des cauris, qui était la seule monnaie de ce pays et la plus fiable, disait-il, parce que personne ne pouvait la contrefaire. Le capitaine et le second remontèrent donc avec lui pour les lui montrer.

Resté seul dans le carré, Julien jeta un regard sur les certificats signés par des capitaines de navires qui avaient mouillé à Saint-Louis ces dernières années. Il souleva discrètement un coin pour voir à l'intérieur.

Ces feuilles avaient effectivement été écrites par plusieurs personnes différentes. Avec un peu de crainte d'être surpris, il déplia la première et ouvrit des yeux ronds.

8

La captiverie

« Voilà, capitaine, conclut Bistocco en redescendant dans le carré, on fait comme on a dit : tu vas à Saint-Louis, à l'endroit que je t'ai indiqué. Là, tu transportes ta marchandise jusqu'à la plage et moi je t'amène tes perruches. On fera l'échange directement sur la plage. On va signer l'accord. »

Le capitaine prit des mains de Julien le contrat qu'il venait de remplir et le tendit à Bistocco. Celui-ci saisit la plume et, sans rien vérifier, traça une croix en bas. Sur quoi, il reprit ses certificats et quitta le bord.

« Bon, fit le capitaine en se frottant les mains, cela a été plus facile que je ne le craignais.

— À moins, intervint Julien avec aplomb, qu'une fois les marchandises sur la plage, ce Bistocco les fasse enlever en vitesse par sa tribu et disparaisse. »

Le capitaine lui lança un regard furieux :

« Qu'est-ce qui te permet… ? Qui t'a donné la parole ? On a oublié de t'inculquer le sens du respect et de la discipline. Je vais te l'apprendre, moi. Cinq coups de fouet. Exécution, monsieur Guérineau.

— Vous avez raison, capitaine, intervint le second, cependant j'aimerais comprendre. Qu'est-ce qui te fait dire ça, Julien ?

— Le courtier avait laissé ses certificats sur la table, et je les ai lus.

— De quel droit ! » s'emporta le capitaine.

Mais, au même moment, Loïc demandait :

« Et alors ? C'étaient des faux ? »

Si bien que les deux phrases se télescopèrent et que Julien en profita pour ne répondre qu'à celle qui l'arrangeait le mieux. Il aurait bien laissé le capitaine se faire dépouiller, sauf que, si celui-ci n'avait plus rien, il renoncerait sans doute à poursuivre le voyage jusqu'aux Antilles.

« Ce n'étaient pas des faux, expliqua-t-il. Seulement, ce courtier ne sait pas lire, et ses certificats disaient qu'il ne fallait pas lui faire la moindre confiance, que le dénommé Bistocco n'était qu'un voleur et que le reste de sa tribu ne valait guère mieux. »

Le capitaine l'observa un moment d'un air renfrogné.

« Et on peut lui faire confiance, au violoniste, dit-il enfin, parce qu'en matière de faux, il s'y connaît.

— Il en ressort que vous n'avez pas eu tort de l'embarquer, s'amusa Loïc, même avec une autorisation douteuse.

— Parfois, nota le capitaine, la générosité est récompensée.... On ne s'arrête pas. On continue notre route vers Gorée ! »

Et, sans rien ajouter, il quitta le carré.

« Générosité » était un bien grand mot, et Julien n'était pas dupe : le capitaine l'avait embarqué pour qu'il n'aille pas mettre la puce à l'oreille du contrôleur en racontant qu'il y avait dans la cargaison ces miroirs et ces perles dont raffolaient les Africains.

L'île de Gorée se situait tout près du pays nommé Sénégal, et se signalait au regard par des nuées de goélands qui tournaient en piaillant. Aussitôt le navire mouillé dans la rade, le capitaine rassembla les trente hommes d'équipage sur le pont pour leur faire un discours bref et bien senti. Il avait dû réfléchir à la situation, et jugé utile de rassurer ses matelots : tout ce qu'ils avaient entendu dire sur la traite n'était vrai que pour des navires commandés par des hommes irréfléchis, ce qui – Dieu soit loué – n'était pas son cas. On n'embarquerait qu'un nombre raisonnable d'esclaves. Inutile et dangereux de les entasser, de les obliger à dormir en chien de fusil pour les emboîter comme les équerres. Ce n'était pas son genre, de compter avec la mortalité pour faire un peu de place. Lui, il ne voulait pas de morts sur son bateau. D'abord parce que, aujourd'hui, les esclaves coûtaient cher, ensuite parce qu'on était au XIXe siècle ! On se montrerait humain, et l'expédition se passerait bien.

« Vous pourrez descendre sur l'île faire quelques achats, poursuivit-il. Le poisson n'est pas cher, profitez-en. Toutefois, ne quittez pas les abords du navire, car dès que nous nous serons mis d'accord avec les vendeurs, nous déchargerons la marchandise. Nous sommes seuls sur la rade, ce qui veut dire qu'il n'y a pas de concurrence et que nos affaires vont se mener rondement. Soyez prudents, évitez de nager trop loin : les requins veillent et aucun navire ne viendrait à votre secours. Julien et Gabriel descendent avec moi à terre.

— Il dit ça pour ceux qui chercheraient à déserter et à gagner la terre ferme », souffla Jos par la petite ouverture de sa bouche.

Julien n'écoutait pas. Il regardait Gabriel avec des yeux surpris. Avaient-ils bien compris la dernière phrase du capitaine ?

L'île était plate, avec juste une colline à l'extrémité, et il y régnait une odeur étrange. Les pêcheurs, qui s'apprêtaient à s'éloigner sur des pirogues pleines de couleurs, s'arrêtèrent un moment pour observer le débarquement de la petite troupe : le capitaine et son second, escortés de six marins en armes et de deux jeunes.

Tandis que Loïc Guérineau se renseignait sur la captiverie et que les marins tiraient le canot au sec, Julien et Gabriel regardaient autour d'eux avec méfiance. La présence de tous ces Noirs leur fichait la trouille. Connaissaient-ils leurs projets ? Ne risquaient-ils pas de leur sauter dessus pour les égorger ?

Leur inquiétude grandit encore quand leur petit groupe, fusils levés, s'enfila dans les étroites ruelles de l'île. Partout, le sable disputait l'espace à de grandes plantes grimpantes couvertes de fleurs aux couleurs vives. C'est là qu'ils croisèrent leurs premiers esclaves, attachés deux par deux par des chaînes reliées à leur collier de fer, et qui travaillaient à casser des pierres. Leur pagne tombait en lambeaux et, sous leurs paupières fixes, leur regard était éteint.

Plus on avançait, plus l'odeur qui rôdait déjà sur le port devenait forte. On entendait aussi une sorte de brouhaha informe, étouffé. La troupe longea un haut mur d'un rose sale, puis tourna à gauche sous un porche.

Quelle horreur ! L'odeur... Elle était là, tapie dans cette cour qui paraissait pourtant déserte. Ils s'immobilisèrent, le cœur au bord des lèvres.

« Ah ! l'odeur ! s'exclama une voix qui venait d'en haut. Les Européens tombent souvent dans les pommes au début. Ensuite ils s'habituent. »

Ils levèrent la tête. Deux escaliers en arc de cercle se rejoignaient en haut, sur une galerie où se tenait un homme, un Blanc. Juste au-dessous de lui, entre les deux escaliers, au fond d'un couloir sombre qui s'enfilait sous le bâtiment, on apercevait la mer.

Il n'y avait pas que l'odeur, qui oppressait. Il régnait dans cet endroit une ambiance terrifiante. Le brouhaha qu'ils avaient perçu était en réalité fait de gémissements et de cris venant de partout. Ils jetèrent alentour un regard effrayé. Tout autour de la cour s'ouvraient des portes, et des mains s'accrochaient désespérément aux grilles qui les fermaient. La captiverie de Gorée. C'était ici.

« Julien, tu montes avec moi pour écrire, déclara le capitaine en raffermissant sa voix. Toi, Gabriel, tu regardes un peu, pour évaluer s'il y a suffisamment de belles pièces d'Inde.

— De... de belles pièces d'Inde... ?

— Des beaux nègres. Adultes mais jeunes, robustes et bien faits. Tu es chirurgien, non ? Alors c'est ton travail. »

Gabriel ne répliqua pas. L'écœurement le submergea et sa lèvre supérieure se mit à trembler.

« Je ne veux pas, je ne veux pas, souffla-t-il enfin entre ses dents serrées. Dieu ne permettra pas ça. Il faut que je m'enfuie. Il faut que je... »

Il regardait autour de lui avec une panique grandissante. Les mains noires qui s'accrochaient aux grilles commencèrent à les secouer en appelant avec désespoir. On entendit des coups et des hurlements. Deux Blancs descendirent de l'étage d'un pas furieux et firent claquer leurs fouets sur les grilles. Les mains disparurent mais les cris ne s'arrêtèrent pas.

« Chirurgien... C'est ton travail », avait dit le capitaine. Le travail d'un chirurgien était de soigner, c'est ce qu'il avait toujours cru. Jamais il n'aurait imaginé que ce mot pût avoir un autre sens.

Gabriel était resté là, planté au milieu de la cour, un temps infini, sans pouvoir avancer. La pensée même de s'approcher de ces cages gémissantes lui était insupportable.

« Alors ? demanda le capitaine en surgissant derrière lui, tu as fini ton inspection ? Comment sont-ils ?

— Je... je n'ai pas vraiment décidé. Nous ne devrions pas...

— Tu as raison. Nous ne déciderons rien aujourd'hui. Il ne faut pas se montrer pressé, sinon on se fait avoir. D'un autre côté, il ne faut pas trop lambiner. Gorée appartient à la France et cette captiverie est donc en principe désaffectée. Si le bruit court qu'il y a ici des esclaves, ça ne fera l'affaire de personne. Ils te semblent quand même en assez bon état ?

— Oui..., souffla Gabriel d'un ton mourant.

— Eh bien, l'odeur ne te vaut rien, on dirait ! Remarque, je te comprends. Je n'ai aucune envie de traîner ici non plus. On reviendra demain pour choisir. Il faut déjà que le directeur de la captiverie voie notre marchandise, et qu'on s'entende sur les tractations. »

Le capitaine fit signe à ses hommes et se dirigea vers la sortie. Loïc Guérineau saisit alors Gabriel par le coude pour l'entraîner derrière la troupe.

« Je ne peux pas, bredouilla Gabriel. Je ne peux pas choisir...

— Tu n'as jamais vu de Noirs, hein ?

— Non. Je ne sais rien, et je ne veux rien savoir. Je ne veux pas !

— Ne t'inquiète pas. Le capitaine a un bon livre. Je lui demanderai de te le prêter. Il décrit parfaitement ce qu'il faut regarder avant d'acheter. Pour le reste, connaître le corps humain est ton métier... »

Gabriel voulut dire qu'il était juste aide-infirmier, qu'il aidait seulement la religieuse à faire les pansements ou à distribuer les potions... mais il n'arrivait plus à ouvrir la bouche.

La réserve de biscuits avait sérieusement diminué, ce qui avait pour heureuse conséquence que Julien n'avait plus la tête sous la barre du gouvernail. Par contre, Gabriel et lui étaient réveillés toutes les nuits par le sabbat des rats qui s'en donnaient à cœur joie dans les réserves. Malgré la lumière de la chandelle qu'ils n'éteignaient jamais et la présence du chat, ces sales bêtes grignotaient avec un culot rare jusque dans les sacs sur lesquels ils dormaient.

Le chat ne paraissait pas s'en préoccuper beaucoup, il devenait de plus en plus paresseux et passait le plus clair de son temps à ronfler dans un coin.

Chaque fois qu'il le trouvait endormi, le capitaine lui flanquait un coup de pied à réveiller un mort, et l'animal allait vite se faire consoler auprès de Julien... Jusqu'à ce que celui-ci découvre sa plus belle chemise – celle qu'il avait sur lui à son départ et que Catherine Abalain avait choisie avec soin – à moitié mangée. Alors là, il s'était à son tour mis en colère :

« Je ne prendrai plus ta défense. Tu n'as qu'à faire ton boulot ! Maintenant, à cause de toi, on va tous devoir se mettre à la chasse aux rats, sinon ils vont finir par bouffer le bois des tonneaux. Et si on n'a plus de réserves d'eau potable, c'est la mort. Tu as compris, tête de mule ! »

L'avantage, c'était que le capitaine avait promis une prime à chaque capture de rat, et que la chasse était plutôt amusante. Il fallait juste faire attention à ne pas se prendre un coup malheureux quand, le sabot à la main, les matelots qui n'étaient pas de quart les traquaient.

Julien ferma les yeux. Il ne se faisait plus de souci pour rien, n'accordait son attention qu'à des choses simples : chasser les poux, se passer de l'huile de palme sur le corps pour apaiser les démangeaisons, arranger au mieux son matelas, apprendre de nouvelles musiques au violon. Il ne pensait presque plus aux Abalain. Sa rage l'avait quitté.

« Julien… Julien, tu m'entends ?

— Mmm…

— Il faut que tu viennes avec moi, souffla Gabriel. On ne peut pas participer à ça. Emmener des hommes en esclavage est une chose immonde. On peut voler un canot. De nuit, je suis sûr que c'est possible. Et on gagnerait la terre ferme.

— Mmm… Pour faire quoi ?

— Jos dit qu'à Saint-Louis, on peut trouver des navires qui rentrent en France.

— Je ne veux pas retourner en France. Il faut que je te l'épelle ? Que je te le traduise en latin ? »

Il y eut un court silence, puis Julien demanda :

« Tu as étudié le livre que t'a prêté le capitaine ?

— C'est terrible. Je ne peux pas choisir des esclaves !

— Je t'aiderai, fit Julien conciliant.

— Tu ne comprends donc rien ! Ce n'est pas que j'en sois incapable : c'est un problème moral ! Vraiment, tu es trop jeune, tu ne te rends pas compte de la situation !

— Je te rappelle ce que tu m'as dit tout à l'heure, protesta Julien un peu froissé. Si tu ne les choisis pas, quelqu'un d'autre le fera, et n'importe comment. Toi, tu as la possibilité de prendre uniquement ceux qui sont capables de supporter le voyage. Quels conseils donne le livre ?

— Il faut choisir des individus qui ont toutes leurs dents, qui ne soient pas efflanqués ou boiteux, qui n'aient pas le ventre flasque, ni la poitrine étroite, ni les yeux égarés, ni l'air imbécile ou une taie sur l'œil. Il dit aussi que les grands fluets ne valent rien parce qu'ils dépérissent dans la traversée, qu'il faut éviter de prendre des vieux parce qu'ils se laissent plus facilement mourir de chagrin. Et... il donne même des conseils pour... pour les femmes.

— Les femmes ? Qu'est-ce qu'il dit ?

— Qu'elles..., murmura Gabriel avec peine, qu'elles ne doivent pas avoir les tétons cabris, ni les mamelles pendantes et flasques.

— Qu'est-ce que c'est, des "tétons cabris" ?

— Comment veux-tu que je le sache ? »

Il y eut un silence.

« Des mamelles pendantes et flasques »... Ils tentaient de les imaginer et ne pouvaient s'empêcher de se sentir gênés.

« Tu crois, souffla Julien, qu'on doit regarder leur poitrine ? »

Gabriel ne répondit pas.

« C'est mal, chuchota-t-il enfin. C'est sûrement mal. Il faut que je m'en aille. »

Mais il pensait à la nuit, à ce pays inconnu rempli de Noirs, au port de Saint-Louis qui se trouvait Dieu sait où, et il n'osait pas bouger.

9

Le choix du chirurgien

Tandis que les matelots profitaient de l'eau douce de l'île pour faire une lessive qui enfin arriverait à sécher, Gabriel, la mort dans l'âme, se dirigea vers la captiverie. Plus aucun esclave ne travaillait dans les rues, tous étaient rassemblés dans la cour de la prison, entourés de gardes armés de fouets à clous. Les hommes d'un côté, les femmes et les enfants de l'autre.

Envie de fuir. L'odeur, c'était celle de la peur, des excréments, des corps purulents et couverts de vermine. Les prisonniers étaient entièrement nus.

Gabriel n'arrivait plus à respirer. La honte lui empourpra le visage. À ses côtés, les marins en armes – qui avaient d'habitude la langue bien pendue – n'osèrent aucune remarque.

« Dépêche-toi, dit l'un d'eux entre ses dents, je n'ai pas envie de moisir ici. »

Chirurgien. Il était chirurgien. Son rôle était de choisir. Il devait examiner l'allure, la peau, les organes. C'est pour qu'il puisse procéder rapidement qu'on avait obligé les captifs à se dévêtir. Il devait aussi les faire marcher et courir, étendre bras et jambes, tousser violemment – c'est ce que disait le livre – et même leur lécher plusieurs parties du corps, pour détecter au goût de la sueur les maladies. Mais ça, il ne le ferait jamais ! Rien que cette pensée lui levait le cœur, et il se savait incapable de rien détecter.

« Ils sont tous en bon état, je vous l'affirme, lança le directeur de la captiverie en descendant l'escalicr. Vous auriez tort de perdre votre temps à les examiner. »

Au lieu de persuader Gabriel de céder à la facilité, cette phrase lui redonna du courage. Il ne devait pas acheter les faibles, qui ne résisteraient pas au voyage. Il repassa dans sa tête les conseils du *Traité*, tenta de se rappeler comment reconnaître les parasitoses, la gale, le ver de Guinée...

« Je vous laisse, reprit le directeur, il faut moi aussi que j'aille effectuer mon choix parmi vos marchandises. »

Et, accompagné de trois gardes, il quitta la prison.

Le directeur et ses gardes étaient à peine sortis que quelqu'un se présenta à la porte de la captiverie, un drôle de type avec une grande barbe et un habit religieux. Il jeta un coup d'œil vers les appartements du haut avant de se glisser jusqu'à Gabriel, et s'adressa aux Noirs dans une langue inconnue. Pendant un moment, il leur parla d'un ton calme et posé. Puis, se tournant vers le chirurgien, il demanda :

« Combien devez-vous en prendre ? »

Un peu stupéfait par l'apparition de ce qu'il reconnaissait maintenant comme un missionnaire, Gabriel répondit :

« C'est affreux, je dois en acheter cent. Comment les choisir ? Vous connaissez ces gens ? Vous pouvez m'aider ? J'ai lu que les trafiquants maquillent les captifs à la poudre à fusil et à l'huile de palme pour qu'ils aient bonne mine. Comment le repérer ?

— Ne repère rien, souffla le missionnaire. Prends-les tous. »

Gabriel en resta stupéfait.

« Comment vous, un homme de Dieu, s'exclama-t-il d'un ton scandalisé, pouvez dire cela ?

— Je dis cela parce que je suis un homme de Dieu, et un homme tout court. Tu ne sais pas ce qu'est cette captiverie ? Ceux que tu ne choisiras pas mourront avant la fin de la semaine. Ce que je te demande, c'est de faire œuvre de charité. »

Gabriel regarda autour de lui avec effroi. La sueur lui perla au front.

*

* *

Julien était en train d'étendre son linge sur un arbre, lorsqu'il fit un bond en arrière. Sur la branche, une monstrueuse bête jaune l'observait. Elle était à peine grande comme une main, mais sa tête était celle d'un dragon. Un petit trou mobile au centre d'une grosse boule écailleuse lui servait d'œil, son corps orné d'une crête tenait du lézard, et sa longue queue s'enroulait comme un ressort.

« Là ! » cria Julien en le désignant du doigt.

Un enfant noir, beaucoup plus jeune que lui, s'approcha alors et jeta à l'endroit désigné un regard intrigué. Puis il se mit à rire de toutes ses dents bien blanches, prit le dragon dans sa main et le tendit à Julien.

« Prends-le, s'il te le donne », conseilla Jos.

Julien recula.

« Mais, je ne...

— C'est juste un caméléon, il ne te mangera pas, il n'aime que les insectes. Prends-le, je te dis, un cadeau ne se refuse pas. »

Julien tendit prudemment le bras et l'enfant y posa la bête qui, aussitôt, agrippa ses pattes à sa manche.

« Jos ! cria Julien un peu effrayé, il... il n'est plus jaune !

— C'est de la magie », fit Jos en riant.

Et, devant l'air suffoqué de Julien, il ajouta :.

« Les caméléons peuvent changer de couleur selon leur humeur, et celui-là est devenu noir parce qu'il a la trouille. »

Savoir que le caméléon avait aussi peur que lui, rassura Julien, et il se mit à observer avec attention la peau sèche, couverte de minuscules écailles de couleur.

« Il n'est pas tout à fait noir, fit-il remarquer, il a aussi des points jaunes et des bleus. Eh ! Il a un œil qui regarde devant et un qui regarde derrière.

— Je voudrais bien pouvoir en dire autant, remarqua Jos.

— Tu crois que je peux l'emmener sur le bateau ?

— Il vit dans les arbres et se nourrit d'insectes. Surtout de sauterelles. Et des sauterelles, sur le bateau...

— On a des charançons dans le riz et des vers dans le jambon, nota Julien d'un ton sarcastique. Ça pourrait peut-être aller... »

Jos ne répondit que par une moue dubitative.

L'animal se déplaçait maintenant sur la manche avec une placidité rassurante.

« Gabriel ! s'écria Julien en voyant paraître le chirurgien. J'ai un cam... »

Il s'arrêta net. Gabriel avait un air bizarre. Il ne l'avait même pas entendu et se dirigeait droit vers le canot.

« Tu peux veiller sur mon linge, Jos ? » demanda Julien, soudain préoccupé.

Et le caméléon – présentement gris – installé sur son épaule, il courut s'embarquer à la suite de Gabriel.

Le directeur de la captiverie était en train de faire son choix parmi les caisses de marchandises rassemblées sur le pont, lorsque Gabriel et Julien remontèrent à bord.

« Alors combien en prenez-vous finalement ? s'enquit le directeur.

— Cent vingt-quatre », répondit Gabriel.

L'homme le regarda fixement, puis il eut un sourire discret. Il pensait évidemment que le chirurgien était un ignorant doublé d'un paresseux, qui avait suivi son conseil en achetant la totalité des captifs, mais Gabriel s'en moquait. Son problème n'était pas là.

« Notre accord portait sur cent », s'étonna le capitaine.

À la grande surprise de Julien, Gabriel répliqua :

« Vous n'y perdrez pas. Faites-moi confiance, je suis chirurgien, je connais mon métier. Et d'ailleurs, le directeur ici présent vous concède un arrangement spécial : il vous laisse l'ensemble pour le prix des cent. »

Le sourire du directeur s'effaça aussitôt. Il balança un instant, et sut bien vite où se trouvait son intérêt.

« C'est bon, répondit-il. Je vois que vous connaissez votre métier. Dans ces conditions, inutile de faire un choix : je prends toutes vos marchandises. J'y perds, parce qu'il y a là-dedans des choses invendables, mais... »

Il n'insista pas et, sous les yeux incrédules de Julien, le marché fut conclu : on embarquait cent vingt-quatre prisonniers contre la totalité de la cargaison. Il semblait que Gabriel soit devenu fou.

Une heure plus tard, on envoyait à la captiverie une dizaine de matelots, avec mission de raser la tête des esclaves, hommes, femmes, enfants, de les faire laver pour qu'ils n'apportent aucun parasite sur le bateau, et de leur donner un tissu propre à mettre en pagne. Par chance, Gabriel n'eut pas à les marquer au feu rouge, pour la simple raison que le capitaine n'avait aucune commande et qu'on ne connaissait donc pas leur futur propriétaire.

Sur le pont, Julien cochait au fur et à mesure sur le cahier ce que le directeur de la captiverie emportait : chemises, bonnets rouges, couvertures, mouchoirs, fusils, eau-de-vie, flacons, miroirs et papier doré, serrures, tabac, etc. La liste tenait sur plusieurs pages. Le capitaine jubilait : il débarrassait complètement les cales et l'entrepont, et pensait avoir fait une bonne affaire. Il relut la liste avec une satisfaction qu'il tentait de dissimuler sous un air grognon et la signa, puis il envoya Julien ranger le cahier dans le carré des officiers.

La pièce, Julien la connaissait déjà : elle n'était pas très grande, garnie de fauteuils confortables et d'une banquette. Même si elle se trouvait au centre des cabines d'officier, il y faisait très clair grâce à l'ouverture à claire-voie qui donnait, là-haut, sur la dunette. Sur la table, au-dessous d'une lampe de cuivre qui brillait de mille feux, était posé un livre intitulé *Observations à l'usage de ceux qui font le commerce des esclaves.*

Julien jeta un coup d'œil méfiant vers la porte, mais tous les officiers étaient occupés par le déchargement des marchandises et la préparation du faux-pont. Il déposa le caméléon sur la table et ouvrit le livre.

Le premier chapitre concernait le bateau. On conseillait un tonnage pas trop important, pour gagner en vitesse, et une préparation très soigneuse du navire.

Il fallait un équipage nombreux, en bonne santé, qui puisse résister à la chaleur, au scorbut, aux révoltes de Noirs, aux fièvres tropicales. Par précaution contre les risques de rébellion, on monterait une rambarde avec pointes de défense entre le gaillard d'avant et le pont principal. Les Noirs étant chargés dans l'entrepont, on veillerait, pour ventiler celui-ci, à prévoir plusieurs écoutilles qu'on fermerait par des caillebotis, celui de l'écoutille centrale devait être amovible pour qu'on puisse l'enlever quand on ferait monter les captifs sur le pont. Tous les Noirs ne pouvant tenir dans cet entrepont, le charpentier devrait construire à mi-hauteur un faux-pont pour y parquer les autres.

Une mouche se posa sur sa page et Julien faillit bondir au plafond. Pas à cause de la bestiole, mais à cause de la langue stupéfiante qui s'était à l'instant jetée sur elle. En une fraction de seconde, le caméléon l'avait ramenée dans sa bouche et il la croquait maintenant d'un air satisfait.

« Eh bien dis donc, souffla Julien, j'aurais bien aimé avoir une langue aussi efficace pour atteindre le plat de tarte au réfectoire avant que les grands n'aient tout pris. »

En réponse, le caméléon s'étira de tout son long et s'allongea sur la table. Il ne paraissait soudain pas plus épais qu'un crayon. Quelle drôle de bête ! Ils en feraient, une tête, à l'institution, s'ils voyaient ça !

Julien revint à son livre. La page suivante détaillait la liste des marchandises à emporter pour le troc en Afrique, et c'était mot pour mot celle qu'il venait lui-même de cocher. Il était précisé que, pour les cotonnades, certains peuples préféraient le rouge, d'autres le vert-jaune, ou le vert foncé, mais que tous aimaient le bleu. Visiblement le capitaine avait entièrement fait confiance au livre.

Dans les instructions concernant la manière de

traiter les Noirs, on signalait que, ces expéditions étant assez risquées, il serait déplorable de perdre la cargaison par négligence ; or les Noirs désespérés avaient une fâcheuse tendance à se suicider en se jetant à l'eau, ou à attraper des maladies, et il fallait lutter contre ça en les traitant le mieux possible, comme on ferait pour son troupeau. La soupe ne devait être ni trop claire, ni trop épaisse, ni trop chaude, ni trop froide, et il était conseillé de nettoyer le chaudron à fond à chaque fois. L'eau devait être purifiée au fer rouge dans les barriques et tamisée avec une couverture pour éliminer les saletés et les insectes.

Les insectes... Il pourrait les donner à manger à son caméléon.

Lorsqu'on fait monter les Noirs à bord, la première action doit être de les rassurer. Les capitaines déclarant souvent leur cargaison comme « transport d'animaux vivants et comestibles », beaucoup de prisonniers se figurent que les Blancs vont les dévorer en route. On doit prévoir, pour les amuser, des jeux, des contes, des chants, des danses. À cet effet, on embarquera un joueur de musette ou de violon.

De violon !

Julien sursauta. Au-dessus de lui, sur la dunette, des pas résonnaient. Il rangea vite le livre et bondit vers l'échelle du carré pour remonter sur le pont. C'est là que lui parvint la voix du capitaine, qui s'adressait sans doute à ses officiers :

« Il nous faut quarante jours pour atteindre les îles à sucre. Navigation en principe sans difficulté : on va suivre les courants est-ouest menant vers l'île de l'Ascension, puis remonter vers le nord. Dès que nous aurons fini de charger, il faudra mettre à la voile au plus vite. Tant qu'ils sont au port, les captifs cherchent à s'enfuir et, s'ils n'y parviennent pas, ils peuvent se laisser mourir de douleur, alors qu'une fois en mer, ils arrivent à se consoler. »

Sans doute un des chapitres du livre que Julien n'avait pas encore pu lire...

Le navire bruissait maintenant d'une activité fébrile. Le faux-pont était fini, on avait déchargé les caisses de marchandises, et on embarquait de la nourriture, des tonnes de nourriture, et d'innombrables barriques d'eau douce.

« Je compte quarante kilos de vivres par personne, déclara BB en cochant sur ses listes ce qui rentrait, et trois litres d'eau par jour pour chacun. Désormais, il n'est plus question de longer les côtes, mais de traverser la mer. Et on a peu de chance d'y trouver des boutiques.

— Et Anselme, qu'est-ce qu'il fait ? s'inquiéta

Julien en voyant le charpentier poncer de grands cylindres en bois.

— Il fait des canons, tiens !

— Des canons ? Et ça tire loin, les canons en bois ? »

Le cuisinier se mit à rire, aussitôt imité par les deux matelots qui aidaient à les peindre en noir.

« Si on glisse un boulet là-dedans, lança l'un, il doit pouvoir tomber de l'autre côté !

— Au pire, on se le prend sur le pied ! » s'esclaffa l'autre.

Le cuisinier riait tellement qu'à présent, il en pleurait.

« Méfie-toi, grogna Julien en essayant de conserver un peu d'humour, si tu m'embêtes, je lâche mon dragon sur toi.

— Oh..., hoqueta BB, tu n'aurais pas... cette horrible cruauté... Ou alors, je fais tirer sur toi avec ces canons ! »

Et son rire repartit de plus belle, passant maintenant dans les aigus.

« C'est nerveux, fit Anselme en haussant les épaules. Je vais te dire, moi, ce que je suis en train de faire : ça a la forme du canon, ça a la couleur du canon, et ça coûte moins cher qu'un canon. Et ça dissuadera quiconque de nous attaquer.

— Ah ! Je vois, ricana Julien. L'essentiel, ce n'est pas d'être fort, c'est d'avoir l'air fort. »

BB lui posa alors la main sur l'épaule, tandis que, de son autre main, il s'essuyait les yeux.

« Tu as tout compris, petit gars », lâcha-t-il enfin.

Leur attention fut détournée par l'agitation soudaine qui s'emparait du bateau.

Apparemment, on remontait l'ancre.

On partait ? Sans embarquer les esclaves ?

Gabriel jeta un coup d'œil circulaire sur la mer. Un court moment, il avait eu le vague espoir que le navire s'enfuyait à cause d'un contrôleur anglais de la Royal Navy qui aurait cinglé vers eux, mais on ne voyait aucune voile à l'horizon. Que s'était-il passé ? Pourquoi repartait-on finalement à vide ?

Lentement le *Prince Sauvage* s'éloignait de la côte.

« On s'en va ? interrogea Julien.

— Je ne sais pas.

— J'ai l'impression qu'on manœuvre. Tiens, on change de cap. On est en train de contourner l'île.

— On revient, soupira Gabriel.

— Regarde, là ! »

Là, il y avait un ponton. Un ponton de bois qui s'avançait sur l'eau. À l'autre bout il rejoignait une porte qui s'ouvrait dans un mur rosé.

« La porte ! » souffla Gabriel.

Et Julien sut de quoi il parlait : c'était celle qui prenait au fond du couloir, entre les deux escaliers, la porte de la captiverie qui donnait sur la mer. Et le bateau allait s'arrimer au ponton.

« Ils vont faire passer les esclaves par là », réalisa Gabriel.

Et, de nouveau, son visage se crispa. Ses mains s'agrippèrent nerveusement à la lisse.

« Tu as peur que le capitaine s'aperçoive de ce que tu as fait ? demanda Julien avec compassion.

— Il s'en apercevra forcément. »

Un prisonnier parut dans la lumière. Empêtré dans ses chaînes, il ne pouvait avancer les pieds que lentement, et un garde vociférant le menaçait de son fouet à clous pour l'obliger à s'engager sur le ponton. De son cou partait une corde qui l'attachait à l'homme qui suivait. Des lamentations s'élevèrent, auxquelles répondirent aussitôt des coups et, peu à peu, la porte dégorgea au soleil sa longue file de captifs.

À ce moment-là, des cris violents éclatèrent sur le ponton et, en même temps, on entendit des bruits d'éclaboussures et des hurlements :

« Empêchez-les ! Empêchez-les ! »

Une femme venait de se jeter à l'eau, et voilà que deux hommes se précipitaient à sa suite !

« Empêchez-les ! »

Comment les captifs avaient-ils réussi à se détacher de la corde qui les liait aux autres ?

Les gardes envahirent le ponton, fusil levé, frappant au hasard. Un canot s'élança vivement sur l'eau pour récupérer les fuyards. Entravés aux pieds comme ils l'étaient, ils ne pouvaient de toute façon que se noyer et, pourtant, ils ne voulaient pas se laisser remonter. Ils préféraient mourir dans la mer qui baignait leur pays. On dut les assommer à coups de rame.

Il y eut un moment de flottement, pendant lequel on vérifia les cordes, puis on fit repartir la file à coups de fouet.

Un moment, les deux garçons suivirent des yeux la lente progression de la pitoyable colonne, jusqu'à ce que, franchissant la passerelle, les premiers prisonniers posent le pied sur le pont. Alors, saisis par la crainte, ils reculèrent.

Debout sur la dunette, imperturbable, le capitaine surveillait l'embarquement de sa noire cargaison qui, dans un gémissement lugubre et continu, finissait maintenant de s'assembler sur le pont.

« Gabriel ! » hurla-t-il.

Le dernier prisonnier venait d'embarquer, et on

remontait la passerelle. Le front du capitaine se plissa, la stupéfaction se peignit sur ses traits, son visage se projeta vers l'avant.

« Gabriel ! » hurla-t-il.

10

Pas une seconde à perdre !

« Gabriel ! beugla de nouveau le capitaine. Je vois là-dedans près de la moitié de femmes, quand leur nombre ne devrait pas dépasser un cinquième de la cargaison !

— Il y en a une quinzaine qui ne vous ont rien coûté, répondit Gabriel un peu crispé. Vous n'y perdez donc pas. Et elles sont fortes.

— Fortes ? Regarde-moi ça ! Plusieurs ont des poitrines flasques. Ce sont des vieilles, tu ne le vois pas ? Et les hommes, il y en a un qui boite... Et ce vieux, là ? »

Il serra les poings comme s'il se retenait pour ne pas frapper le chirurgien.

« J'ai pris tout ce qu'il y avait, capitaine, dit enfin courageusement Gabriel. Ce sont des familles entières, vous aurez moins de soucis dans la traversée : les prisonniers ne chercheront pas à s'échapper puisque tous les leurs sont ici. »

Il n'en savait rien et c'était probablement faux, mais comment avouer la vérité ?

Un négrier pouvait-il admettre de se charger d'une marchandise en partie invendable par simple humanité ? Le capitaine se détourna sans répondre.

« Regroupez-les dans l'entrepont et sur le faux-pont, ordonna-t-il sèchement. Les femmes à l'arrière, les hommes à l'avant. Mettez-leur les fers et attachez-les aux barres. Et s'ils résistent, assommez-les d'un coup derrière la nuque. »

Il se pencha vers le lieutenant et ajouta en baissant la voix :

« Faites installer les négrillons avec les hommes, ça évite les complots. Pour la surveillance, mettez un garde pour dix nègres, et qu'il soit toujours armé. (Il releva la tête.) Monsieur Guérineau, a-t-on fini l'embarquement des provisions ?

— Il reste à prendre les fruits. J'ai préféré attendre le dernier moment. Je vais y aller avec Youenn.

— Dépêchez-vous. Il faut appareiller au plus vite, il n'y a pas une seconde à perdre. »

Le temps ne calmait ni les pleurs ni les cris de révolte. Julien et Gabriel évitaient de regarder du côté de l'entrepont où l'on était en train d'attacher des prisonniers. Ils résistaient contre l'envie de se boucher les oreilles, les yeux, de se cacher dans un trou. Leur paix s'était envolée.

« Comment est-ce qu'on peut… ? souffla Gabriel. (Il ne finit pas sa phrase et se leva.) Il faut que je m'occupe. Je vais donner un coup de main à Blaise-Benoît aux cuisines. Désormais, il aura besoin d'aide. On ne va pas, en plus, les laisser crever de faim ! »

Les yeux de Julien revinrent vers le caméléon qui se promenait sur les cordages. Un moment, il le caressa du bout du doigt, puis il leva son regard vers l'île. L'île verte. Le bateau noir. Il saisit l'animal dans sa main et courut vers Youenn qui descendait au canot.

« Est-ce que tu veux bien l'emporter ?

— Ton caméléon ? Tu n'en veux plus ?

— C'est que… deux mois de mer… il ne l'a pas choisi. Il risque d'en mourir. Et chez lui, c'est ici. »

L'île avait disparu à l'horizon. On n'entendait plus de hurlements, seulement des coups sourds dans l'entrepont et, cette fois, le charpentier n'y était pour rien : les captifs se tapaient la tête contre le bois jusqu'à se faire saigner, et personne ne pouvait les en empêcher.

« Ils n'ont pas mangé, capitaine, rapporta Gabriel avec inquiétude. S'ils ne mangent pas, ils mourront.

— Pas d'affolement, chirurgien, ce n'est que leur premier repas. Est-ce que Blaise-Benoît leur fait une cuisine qu'ils aiment ?

— Il essaie.

— C'est indispensable au début, le temps qu'ils se fassent une raison. Leur a-t-on expliqué qu'on ne va pas les dévorer ?

— Aucun ne connaît le français, capitaine, mais je crois qu'ils le savent. Sur l'île, il y avait un missionnaire. Il leur a parlé dans leur langue.

— S'ils le savent, pourquoi ont-ils cette attitude ? »

Gabriel ne répondit pas. On les enfermait dans un bateau. On les arrachait à leur pays. On les emmenait en esclavage dans une contrée si lointaine que jamais ils ne pourraient revoir leur ciel. Leur avenir était en effet plein de joie.

« Je ne supporterai pas la moindre révolte, prévint le capitaine. À la première incartade, ils seront fouettés. Je vais leur montrer qui est le maître à bord. (Il souffla un petit coup par le nez, comme pour souligner ce qu'il venait de dire.) Tu es un garçon intelligent, il me semble. Alors surveille-les. Prends garde à ce qu'aucun n'attente à sa vie en s'empêchant de respirer ou en s'assommant contre le bois. Dès qu'ils te sembleront calmés et raisonnables, préviens-moi. On leur organisera des sorties sur le pont. »

Cette nuit-là, pour ne pas avoir à traverser l'entrepont, Julien et Gabriel dormirent dans les canots. Malgré la relative fraîcheur qui s'installait, la nuit était tiède et aucun nuage n'annonçait de pluie. La mer luisait sous la lune, le ciel était constellé d'étoiles, et pourtant ils ne pouvaient leur trouver la moindre beauté. Froideur et indifférence. Le monde déroulait sa nuit, continuait sa route éternelle, se moquant des cris désespérés et des pleurs des enfants dans les cales. Alors Julien pensa à René, à Catherine, et il eut honte.

Et puis Gabriel chuchota qu'ils devaient agir, d'une façon ou d'une autre, seulement il ne dit pas comment. Ils n'avaient aucun moyen, aucun pouvoir, ils étaient trop jeunes.

Un cri plus aigu, traduisant une souffrance intolérable, jaillit d'un coup, couvrant les gémissements. Julien se boucha les oreilles et ferma les yeux de toutes ses forces, mais, dans sa poitrine, quelque chose s'était mis à hurler aussi. Comme si la terreur qui montait de l'entrepont insinuait à l'intérieur de sa propre douleur les racines rampantes d'un malheur universel, la lui rendant plus insupportable encore. Une vague de désespoir absolu le submergea.

Longtemps, son corps resta douloureusement tendu, puis la vague se retira, ses muscles se détendirent et il parvint enfin à respirer. Il sentait en lui comme un grand vide. Il percevait maintenant le bercement du bateau, l'odeur de goudron qui se dégageait des cordages, le crissement du bois sous son ongle. Il se retourna sur le côté droit : c'est dans cette position qu'on avait fait coucher les Noirs, pour que le cœur ne se fatigue pas. On se préoccupait de leur santé, oui, parce qu'ils représentaient beaucoup d'argent.

Il eut un rictus dégoûté. Ça ne servait à rien de penser à ça. À rien. Il fallait se détendre.

On n'était pas si mal, sur le côté droit. Évidemment, lui n'avait pas les fers aux pieds... Il remonta sa couverture sur l'épaule. Il devait cesser de se tourmenter. D'ailleurs, ces gens-là n'étaient même pas chrétiens, donc presque des animaux, c'est ce que disait le capitaine. On allait sauver leur âme en les baptisant, c'était important, non ?

Il fallait dormir. Les adultes savaient certainement mieux que lui ce qui était bien et ce qui ne l'était pas.

*
* *

« Qu'est-ce que tu fais, BB ? demanda Julien en partageant son poisson avec le chat.

— Tu le vois bien : je sème. Des salades. En deux mois de mer, elles ont le temps de pousser. »

Julien n'eut pas le temps de réaliser ce qui lui arrivait. Il fut soulevé de terre et se retrouva face au visage furieux du capitaine.

« Je t'ai vu ! cria celui-ci. Je t'ai vu ! »

Julien sentait ses tempes sonner. Il ne comprenait rien à ce qu'on lui disait. Il atterrit brutalement sur le sol et se cogna si violemment le coude qu'il en vit trente-six chandelles.

« Je t'ai vu donner à manger au chat !

— Je... Je...

— Ça t'arrive souvent ?

— Seulement le... le matin.

— "Seulement le matin" ? Petit imbécile ! Et moi qui ai failli passer par-dessus bord ce chat qui ne faisait pas son travail ! Évidemment, qu'il ne bougeait pas ! Les rats, il s'en fichait royalement : il n'avait pas faim ! »

Julien en resta suffoqué.

« C'est ta faute si on a des rats. Ils ont tout le confort voulu pour se reproduire. Ah ! ils sont bien, oui ! Avec un chat qui ronfle toute la journée, l'estomac plein ! Je ne sais pas ce qui me retient de...

— Capitaine ! appela une voix au-dehors. C'est l'heure pour les prisonniers. Qu'est-ce qu'on fait ? »

Chevillot serra les lèvres d'un air furieux, leva un poing menaçant vers Julien, puis renonça à frapper et sortit de la cuisine.

« Il n'a pas tout à fait tort, le capitaine, nota Blaise-Benoît.

— Oh ! Fiche-moi la paix, hein ! »

Julien se releva et s'épousseta d'un geste mécanique. C'était la faim, qui poussait le chat à chasser... Jamais il n'y avait songé. Dehors, Guérineau disait :

« On a eu un peu de mal, pour les attacher par dix.

— Pourquoi ? aboya le capitaine encore sous le coup de la colère. Vous ne savez pas compter jusqu'à dix ?

— C'est que, visiblement, ils appartiennent à des tribus ennemies, et que ça peut provoquer des bagarres. On a essayé de faire pour le mieux.

— Bien. Faites-les monter. Tous à vos postes ! »

L'équipage en armes se réfugia sur la dunette et le gaillard d'avant, à l'abri des rambardes hérissées de pointes.

Depuis la cuisine, Julien et BB observaient les prisonniers, qui grimaçaient et clignaient des yeux en découvrant le soleil après l'obscurité. Certains se mettaient instinctivement à respirer très profondément, d'autres regardaient autour d'eux avec effroi, d'autres encore fixaient leurs pieds d'un air farouche.

« Distribuez-leur des seaux d'eau de mer, ordonna le capitaine, qu'ils puissent se laver les mains. Et laissez-les se promener sur le pont. Après quoi vous les ferez redescendre et vous les rattacherez soigneusement avant de faire monter le groupe suivant. Jamais plus de dix ensemble.

— Qu'est-ce que je pourrais leur faire à manger ? souffla le cuisinier. Comment savoir ce qu'ils aiment ?

— Pourquoi est-ce que tu ne demandes pas à Jos ? bougonna Julien encore fâché.

— Eh ! Tu as raison, p'tit gars ! Lui, il doit savoir ce qu'ils mangent, les Noirs ! »

*
* *

Les prisonniers ne criaient plus, ne pleuraient plus, et ils faisaient même honneur au repas spécial concocté par le cuisinier : un petit morceau de bœuf salé avec du riz, accompagné d'igname et arrosé d'huile de palme et de piments bouillis.

« BB s'est bien débrouillé, constata Julien, et ta recette a l'air de marcher, Jos.

— Oui... N'empêche, j'ai hâte qu'on arrive et qu'on débarque tout ce monde. Chaque soir je prie pour que rien ne se passe.

— Tu crois que ça peut mal finir ?

— Je ne peux pas m'empêcher de penser à ma dernière campagne sur un négrier.

— Qu'est-ce qui s'est passé ?

— Ce qui s'est passé ? On venait de quitter les côtes de la Sierra Leone avec une cargaison d'esclaves. Pas modeste comme celle-ci, imaginez-vous, plus de cinq cents hommes ! Un soir, alors que le silence aurait dû régner parmi les Noirs, j'entends des disputes à voix basse. Je n'y prête pas trop attention. Le lendemain matin, sur le coup de cinq heures, deux hommes montent sur le pont. Ils ont les fers aux pieds, tout semble normal. Ils s'approchent de la sentinelle pour demander la permission d'allumer leur pipe, et là ils lui sautent dessus et attrapent son arme. Aussitôt, les autres sortent de l'entrepont, armés des barres qui retenaient leurs fers. Comment ils s'étaient libérés, ça, on ne l'a jamais su. Ils se mettent à frapper de tous côtés. Ils assomment, ils étranglent ceux qui tombent entre leurs mains. Un véritable carnage. Et soudain, on les voit qui se dirigent vers la pièce où on garde les armes. Le second et moi, on y court. On réussit à les prendre de vitesse et on se barricade. Et puis on tire sur eux par les ouvertures.

— À cinq cents contre un équipage, intervint Youenn, la cause est entendue...

— Ouaip ! C'est ce qu'on craignait. Mais dans un gros navire comme ça, il y avait plusieurs cuisines, dont une à l'entrepont, et justement, on était en train de préparer le repas. Un officier a eu alors l'idée de faire passer le chaudron plein de gruau bouillant par les sabords et de le hisser jusqu'au gaillard d'avant. Et de là-haut, protégé par les rambardes hérissées de pointes, on en a aspergé les révoltés avec une louche. Pendant ce temps-là le charpentier jetait ses pigeons à pleines poignées sur le pont.

— Des oiseaux ?

— Non, des clous ! Les pigeons ont des pointes de tous les côtés, alors quand ils sont par terre, ils ont forcément une pointe en l'air. Vous voyez d'ici les Noirs... Pris en tenaille entre les coups de pistolet, le gruau et les pigeons, ils se sont jetés à la mer. C'est comme ça que je suis toujours là.

— Il y a eu beaucoup de morts ?

— Deux sentinelles, trois matelots et le capitaine. Les Noirs, on en a repêché pas mal. Malgré tout, quinze manquaient à l'appel. On a attaché les meneurs sur le pont, on les a fouettés et on a versé sur leurs blessures de la poudre à canon avec du jus de citron et de la saumure de piment. Ça brûle salement, faites-moi confiance, mais en même temps, ça empêche l'infection. Au moins, ils sont restés en vie, ce qui n'a pas été le cas pour ceux qu'on n'a pas repêchés. Ceux-là, ils ont fini dans le ventre des requins.

— Horrible, souffla Gabriel.

— On n'y peut rien, dit Youenn, s'ils préfèrent se suicider plutôt que d'être emmenés loin de chez eux. C'est qu'ils croient qu'à leur mort, ils retournent dans leur pays.

— En tout cas, décréta Jos, vous ne ferez jamais manger du requin à un marin qui a navigué sur un négrier. »

Il s'interrompit subitement et releva la tête. Son front se plissa. Il fixait quelque chose, au loin, d'un air préoccupé.

11

Du vent dans les voiles

Sur le moment, cela leur avait paru anodin : un nuage blanc, qui s'élevait dans le ciel bleu. Mais, quelques dizaines de secondes plus tard, alors qu'il ne soufflait encore sur le navire qu'une faible brise, la mer au loin se mit à gonfler et blanchir. L'inquiétude parcourut le navire, et on fit réduire les voiles de toute urgence, carguer les perroquets, haler bas le grand foc[1] et fermer les écoutilles.

1. Le perroquet et le grand foc sont des voiles qu'on fait descendre (haler bas) ou qu'on retrousse sur les vergues (carguer).

On n'eut pas le temps de finir. Le vent se rua sur ce qu'il restait de voilure et des vagues stupéfiantes se creusèrent, précipitant le navire dans leur abîme, avant que d'autres le reprennent pour le jeter en l'air. On entendit des cris. La pluie s'abattit d'un coup, l'écume gicla, les lames déferlèrent sur le pont. Les poulets – qu'on n'avait pas eu le temps de faire rentrer – furent emportés dans les flots, les hommes tentaient de s'accrocher n'importe où.

À la barre, les deux timoniers, unissant leurs forces, s'arc-boutaient pour essayer de mettre le navire dos au vent.

Julien et Gabriel avaient couru vers la cuisine et, maintenant, ils se cramponnaient aux pieds du poêle de fonte. Si leur abri était emporté, ils espéraient que le fourneau, au moins, tiendrait bon. L'eau parvenait à s'engouffrer sous la porte close et les inondait d'écume à chaque vague. Ça craquait si fort de partout qu'ils avaient l'impression que le navire allait se disloquer. Sur le pont, les deux tonneaux d'eau en service roulaient lourdement, changeant de sens sous les coups de boutoir, semant la terreur chez ceux qui n'avaient pas réussi à se mettre à l'abri.

Des secondes, des minutes, des heures... Ils n'arrivaient plus à tenir leur point d'ancrage, et à chaque claque des vagues, ils glissaient sur le plancher trempé et se cognaient aux cloisons, avec la terreur grandissante de les voir céder. Ils parvinrent finalement à s'agripper l'un à l'autre, le fourneau entre eux.

Trois heures. Les mains bleuies, la tête dans un étau, les muscles noués, l'estomac retourné. Julien et Gabriel relâchèrent légèrement leur étreinte. Leurs regards ahuris se croisèrent un court instant. On aurait dit que ça se calmait. Les rugissements s'apaisaient, l'eau ne rentrait plus sous la porte. Un moment, épuisés, ils demeurèrent assis, la tête appuyée au fourneau, puis ils se relevèrent et ôtèrent le verrou.

Sur le pont, le spectacle était dantesque. Le grand perroquet, qu'on n'avait pas eu le temps de serrer, pendait lamentablement, déchiré en deux, les cordages étaient emmêlés, toutefois les flots qui avaient balayé le pont n'étaient pas parvenus à en arracher les canots. À présent, le vent s'essoufflait, son hurlement mollissait.

« Il faut vite rétablir un peu de voile pour profiter de la queue de tempête ! » lança Guérineau.

Les matelots eurent du mal à réagir. Leurs mouvements étaient lents, leur visage livide, leurs cheveux dégoulinaient, leurs vêtements leur collaient au corps.

« Pour cette fois, grommela Jos, on en est quitte pour la peur. Heureusement que ce genre de grain ne dure pas. »

Le capitaine, les traits tirés, apparut alors sur le pont. L'état impeccable de ses bottes de cuir graissé révélait qu'il avait passé le coup dur à l'abri de sa confortable cabine. Peut-être parce qu'il avait moins souffert que les autres, il reprit ses esprits plus rapidement et commanda de s'occuper immédiatement de l'entrepont. C'est seulement à ce moment-là qu'on perçut les cris et les gémissements qui venaient d'en bas. On se précipita pour ouvrir les écoutilles.

Enfermés dans le ventre du bateau, les prisonniers avaient été bringuebalés, projetés les uns contre les autres et, comme ils étaient retenus par les fers à la barre, leurs chevilles en avaient été déchirées. Ils hurlaient de peur et de douleur. Ils avaient vomi partout. L'odeur était insoutenable.

Le capitaine dut décider de les faire monter sur le pont au plus vite pour qu'ils reprennent des forces et qu'on puisse aérer les cales. Car si on ouvrait les sabords pendant qu'ils étaient en bas, ils risquaient d'attraper la mort dans les courants d'air.

« Laissez-leur les menottes et attachez-les par deux, ordonna-t-il. Enlevez les fers des chevilles.

Hors de vue de toute terre, ils n'iront pas se jeter à l'eau pour rentrer chez eux. »

On regroupa les hommes à l'avant, les femmes à l'arrière, séparés par une rambarde, et on leur fit comprendre qu'ils pouvaient s'asseoir. Ils semblaient trop fatigués, trop malades, trop ahuris pour réagir. Pas un ne fit un geste vers la mer. Le livre du capitaine en savait long sur le comportement des humains...

Les captifs respiraient avec avidité l'air du large. On leur distribua des citrons et on installa sur le pont des baquets d'eau de mer dans lesquels ils pourraient se laver.

Julien et Gabriel se penchèrent au-dessus de l'écoutille centrale en se cachant le nez derrière leur manche. L'entrepont ressemblait aux écuries d'Augias[1]. Les vomissures et les déjections s'étalaient partout, sans parler de la puanteur. Les travaux d'Hercule, ils espéraient bien que ça ne les concernerait pas.

« Julien ! »

L'interpellé sursauta. Heureusement, la dernière partie de la phrase le rassura :

---

1. Un des douze travaux d'Hercule fut de nettoyer ces écuries très sales.

« Le capitaine te fait dire de préparer ton violon. »

Les estomacs un peu rétablis, on avait servi un repas de millet et de poisson, que le cuisinier avait réparti équitablement dans les gamelles, et qu'il avait fait distribuer par les enfants pour éviter les bagarres. Le repas semblait avoir apaisé les angoisses, sauf pour Julien qui, terriblement tendu, s'assit sur le cabestan. Il avait l'impression que de son violon dépendait la suite du voyage.

Les premières notes furent tremblotantes, mais les prisonniers tournèrent la tête.

« Fais-nous une gavotte », proposa Youenn.

Et, avant même la première note, il esquissa le pas pour donner le rythme. Le violon accompagna la deuxième mesure et, petit à petit, tous les hommes qui se trouvaient sur le gaillard d'avant formèrent une chaîne.

Les Noirs les fixaient avec des yeux ronds, sans bouger. Les enfants commencèrent à dodeliner de la tête, puis à battre la mesure en frappant du plat de la main sur le pont. Ils avaient un sens du rythme extraordinaire, qui aurait porté le plus mauvais des musiciens. Le violon semblait maintenant jouer presque tout seul. Regonflés, les matelots poussaient de petits cris stridents qui relançaient la danse. Un prisonnier se mit à taper en mesure sur la coque d'un canot, les femmes claquèrent dans leurs mains et quelques-unes commencèrent même à se trémousser.

Elles ne cherchaient aucunement à imiter les matelots, et leur danse ne ressemblait en rien à la leur. Peu à peu, ceux-ci s'arrêtèrent même pour les regarder. Et voilà que les hommes se mirent de la partie. Bientôt, tout le pont se déchaîna. Les Noirs marquaient le rythme en tapant des pieds, en agitant les bras en cadence, ce qui faisait bizarrement sonner leurs menottes. Leurs mouvements, vifs et brefs, s'endiablaient. L'archet de Julien tentait de suivre, en une musique de plus en plus syncopée. L'ambiance devint électrique, des exclamations fusèrent. Julien riait sans même s'en apercevoir. Il était loin, très loin de Saint-Père, très loin des Abalain, très loin de toute sa vie d'avant, dans un monde nouveau et étonnant.

À partir de ce jour, la vie changea sur le bateau. Les Noirs semblaient s'être fait une raison et, restructurant leur monde, ils redistribuaient à chacun sa place. Le matin, à tour de rôle, ils vidaient les bailles[1] et nettoyaient l'entrepont à grands seaux d'eau, frottaient les cloisons, le tout en chantant à

1. Bacs qui servaient de sanitaires.

tue-tête. La désinfection du navire, toutefois, était réservée à l'équipage : il fallait jeter sur les braises du soufre et du vinaigre, et on avait peur que les Noirs en profitent pour mettre le feu au navire. Le capitaine disait que, même s'ils prenaient présentement leur mal en patience, ils n'avaient peut-être pas pour autant abandonné toute idée de rébellion.

Chaque jour, on aérait l'entrepont, qui empestait encore et, en même temps que l'odeur, la peur qui avait saisi les hommes à la pensée qu'ils naviguaient sur un négrier se dilua. Les prisonniers étaient bien traités, mangeaient convenablement, buvaient assez, on leur distribuait régulièrement du tabac à chiquer et un peu d'eau-de-vie coupée d'eau. Ils avaient le droit de monter de temps en temps sur le pont sans fers aux pieds, par groupes de dix, pour se détendre. On était loin des négriers des siècles précédents et de leurs centaines de prisonniers moribonds, si bien que l'équipage commençait à se décontracter.

Gabriel s'acquittait de sa tâche pour le mieux. Tandis que le charpentier vérifiait les chaînes, il examinait, lui, les corps. Il lavait les plaies, donnait des médicaments, distribuait du savon et, depuis qu'il n'y avait plus de citrons, du vinaigre pour se rincer la bouche et éviter le scorbut.

Ce matin-là, penché sur la jambe d'un prisonnier, il était en train d'attraper la tête blanche d'un de ces maudits vers de Guinée[1] qui infectaient les Noirs, quand il perçut un curieux bruit derrière lui. L'homme qu'il soignait se tendit et regarda par-dessus son épaule avec une sorte de colère muette.

Ne pouvant lâcher la tête du ver sous peine de la reperdre, Gabriel l'enroula vite sur une petite baguette avant de regarder derrière lui. Dans le faux-pont des femmes, il y avait un matelot qui essayait visiblement de s'en approprier une.

« Calme-toi », dit Gabriel à son malade.

Il était parfaitement conscient que l'autre ne le comprenait pas, et aussi que, à cause des soins, il n'était plus attaché et pouvait donc devenir dangereux. C'est pour ça qu'il lui parlait, pour le distraire de ses pensées. D'un geste rapide, il bloqua le bout de bois sur la jambe avec une ficelle en expliquant :

« Tu n'auras qu'à tourner chaque jour cette baguette, ça fera sortir le ver, et comme ça, au bout de quelque temps... »

Il ne put finir. L'homme s'était levé brusquement et avait foncé sur le matelot. Les poings volèrent, les femmes poussèrent des cris. Comme si elle n'attendait qu'un signe pour se déclencher, la

1. Ver long et très fin qui s'introduit sous la peau.

colère explosa brutalement et la bagarre se fit générale. La panique saisit Gabriel, qui monta en courant prévenir le capitaine. Les gardes en armes se précipitèrent, les ordres tonnèrent, on sonna le branle-bas et chacun gagna aussitôt l'abri des rambardes.

Au grand soulagement de tous, quelques coups de feu en l'air suffirent à ramener le calme : la plupart des Noirs étaient restés attachés et aucun ne possédait d'arme.

Le calme, cependant, ne revint que chez les prisonniers. Pour ce qui était des hommes d'équipage, ils venaient de comprendre que la peur était restée tapie là, au fond d'eux, et qu'elle n'était masquée que par une légère brume qui ne demandait qu'à se déchirer. Avec une rage à la mesure de cette peur, on consigna les captifs deux jours dans l'entrepont, tandis que le matelot fautif était mis aux fers.

*
* *

« Voiles à tribord ! »

Le ton de la vigie était celui de l'alerte, on ne pouvait pas en douter, et il y eut de l'agitation sur la dunette.

« Quel pavillon ? » demanda le capitaine d'une voix précipitée.

Le lieutenant saisit sa longue-vue et la braqua sur l'horizon. Puis, sans un mot, il la tendit au capitaine. Il avait l'air préoccupé.

« La Royal Navy ! » s'exclama Chevillot en regardant à son tour.

Il ne dit rien de plus.

La Royal Navy ! La marine anglaise, celle qui se chargeait de traquer les navires négriers ! Quelques jours avant, le cœur de Julien aurait bondi de joie à la pensée que, si elle les rattrapait, les captifs seraient libérés. Seulement, aujourd'hui, il avait pris son parti de la situation et ne voyait plus, dans la capture du *Prince Sauvage*, qu'une catastrophe : le navire serait confisqué, emmené en Angleterre, et l'équipage envoyé aux galères.

« Aucun navire n'est plus rapide que le mien, affirma le capitaine en se reprenant. Vous allez voir, ils n'auront même pas le temps d'apercevoir notre pavillon. »

Et Julien se rendit compte avec une grande honte qu'il en était soulagé.

On donna l'ordre de mettre toutes les voiles et aussitôt, comme des sauterelles, les gabiers s'élancèrent dans les haubans, envahirent les vergues. Les voiles hautes claquèrent dans le vent, se gonflèrent...

Hésitant entre espoir et crainte, Julien ne pouvait détacher ses yeux de ce point qui grandissait sur l'horizon. Le croiseur de la Royal Navy leur arrivait par le flanc. Le capitaine et son second se relayaient à la longue-vue pour surveiller ses mouvements et, malgré la finesse et la légèreté du *Prince Sauvage*, on aurait bien dit que les Anglais se rapprochaient.

« Capitaine, cria alors la vigie, navire par tribord avant ! Un autre croiseur anglais ! »

La longue-vue se tourna vivement dans la direction indiquée.

« Ils viennent droit sur nous, capitaine ! » lâcha le second avec un peu d'effroi.

Le capitaine lui arracha l'instrument des mains et le pointa à son tour. Enfin il le reposa. Son visage s'était figé, sa bouche s'entrouvrit, son regard se durcit.

« Ils n'auront pas mon navire, grinça-t-il. Ils ne l'auront pas. Sonnez le branle-bas !

— Est-ce que je dois faire charger les canons, capitaine ? demanda Guérineau.

— Charger les canons ? Nous en possédons trois. Avez-vous vu le nombre des leurs ? Si nous tirons, nous sommes aussitôt réduits en bouillie. Trouvez plutôt le moyen de leur échapper.

— Avec un croiseur par l'avant et un autre par l'arrière, il va être difficile de les éviter, capitaine.

— Débrouillez-vous ! hurla Chevillot. Maître d'équipage, tenez l'ancre prête à mouiller. Faites dérouler sa chaîne et tendez-la sur le pourtour du navire. Lieutenant, qu'on fasse monter les prisonniers ! »

Le lieutenant à qui il venait de donner son dernier ordre pâlit et s'inquiéta :

« Qu'est-ce que vous voulez faire, capitaine ? »

Sans répondre, Chevillot poursuivit :

« Et vous les attacherez par leurs menottes le long de la chaîne.

— Tous ? Même les femmes et les enfants ?

— Tous, bougre de discutailleur ! »

Julien entendit alors Loïc Guérineau, souffler :

« Capitaine... capitaine... Vous n'allez pas faire ça ! »

12

Infamie

Sans comprendre le sens de ces ordres, les matelots attachèrent un par un les Noirs à la chaîne de l'ancre autour du bateau.

« Qu'est-ce qu'ils font ? demanda Julien.

— M'est avis qu'ils font une sale besogne, grommela Jos.

— Quoi ? »

Jos ne répondit pas. Il mâchait sa chique avec une nervosité inhabituelle. Là-bas, le capitaine semblait avoir avec son second une conversation très animée. Julien s'approcha discrètement de la dunette. Le capitaine disait d'une voix pleine de colère :

« Voyez-vous une autre solution ? Non, bien sûr, car c'est la seule. Ainsi, s'ils réussissent à m'arraisonner, ils ne trouveront aucun captif à bord.

— Ils le sauront malgré tout, protesta violemment Guérineau, ne serait-ce que par l'odeur. L'odeur d'un navire négrier se reconnaît de très loin. D'ailleurs ils sont déjà au courant.

— Vous ignorez tout du droit, mon pauvre ami : la seule preuve admise par les tribunaux est la découverte d'un captif à bord. Sans cette preuve, ils peuvent nourrir des soupçons, ils n'auront rien contre moi.

— Capitaine, c'est très grave ! Est-ce que vous vous rendez compte ?

— Êtes-vous décidé à discuter mes ordres ? Savez-vous ce que nous risquons dans cette affaire ? Le navire confisqué, l'amende, la prison... »

À cet instant, un coup de canon résonna à la proue. Un coup de canon à poudre, seulement destiné à demander au navire de s'arrêter. Le capitaine, bien sûr, n'en avait aucunement l'intention. Il activa de la voix la manœuvre pour faire changer de cap mais un navire ne change pas sa route aussi vite qu'un canot, surtout quand les vents sont contraires. L'autre croiseur lança à son tour un coup de semonce. Alors le capitaine ordonna d'une voix sèche :

« Monsieur Guérineau, tenez-vous prêt à faire mouiller l'ancre.

— Je ne donnerai pas un tel ordre, s'offusqua le second.

— Comment ? Prenez garde, Guérineau, encore un mot et je vous fais jeter aux fers. Maître d'équipage, tenez-vous prêt à mouiller l'ancre.

— Par... Pardon, mon capitaine, je n'ai pas bien compris. L'ancre est... On y a attaché les prisonniers. Si on la jette à la mer, ils vont être emportés avec elle et ils mourront noyés.

— Vous avez donc fort bien compris ! Tenez-vous prêt. Dès que je donnerai l'ordre, agissez sans une seconde d'hésitation. »

Les Noirs, alignés le long du bord, regardaient avec effroi les bateaux qui cinglaient sur eux. Comprenaient-ils que les navires anglais venaient les sauver, et pourquoi on les avait attachés, eux, à la chaîne de l'ancre ?

« Gabriel, cria Julien au comble de l'énervement, tu sais ce que fait le capitaine ?

— Il fait un bouclier humain avec les Noirs, en espérant que les Anglais ne voudront pas tirer sur eux.

— Non ! Il s'apprête à les noyer ! À jeter l'ancre. Il paraît que si on ne trouve aucun prisonnier sur son bateau lors de l'abordage, il ne peut pas être condamné.

— Mon Dieu, souffla Gabriel. Il faut... Il faut... »

D'un geste de colère, il attrapa un boulet de canon dans la caisse.

« Qu'est-ce que tu fais ? l'arrêta Julien. Tu ne vas pas lui lancer ça dans les jambes ! Ça ne servirait à rien, sauf si ça le tuait. J'ai une autre idée. Viens vite ! »

Ils traversaient le pont en courant quand claqua le deuxième coup de canon. Le croiseur qui arrivait par la proue s'était dangereusement rapproché, et le vent lui était favorable. Le capitaine lança des ordres au timonier. Le *Prince Sauvage* fit un bond, et retomba avec une inclinaison telle qu'il faillit prendre l'eau. Les Noirs se mirent à hurler et la panique gagna. Au lieu d'éloigner le navire, la manœuvre l'avait fait tourner sur lui-même et les rafales le poussaient maintenant en direction du premier croiseur. Plusieurs coups de canon éclatèrent en même temps.

« Maître d'équipage ! hurla le capitaine. Mouillez l'... »

Il ne put finir sa phrase. Un bout de corde venait de lui enserrer le cou et l'étranglait. Le chirurgien était dans son dos et bloquait solidement le nœud. C'est alors que Julien, qui se tenait près de la chaîne des Noirs, cria :

« Attention, capitaine, la corde que vous avez au cou, je viens de l'accrocher à cette chaîne. Si vous faites jeter l'ancre, vous êtes emporté avec ! »

Le capitaine agrippa la corde avec fureur pour essayer de s'en débarrasser, mais cela ne fit que resserrer le nœud, et il faillit suffoquer. On entendit alors un craquement sinistre.

Il ne venait pas de leur navire. C'était un des mâts de leur poursuivant qui, touché de plein fouet par la rafale de boulets de l'autre croiseur, s'abattait lourdement. Porté par le vent, le *Prince Sauvage*, lui, continuait sa route droit devant. Droit sur le croiseur anglais qui venait de tirer aussi maladroitement. Réagissant à le terreur qui saisit l'équipage, le second hurla :

« Couchez-vous ! »

On se jeta à plat ventre. Effrayés, les Noirs s'accroupirent Le croiseur n'avait pas eu le temps de recharger ses canons, mais il possédait des mousquets dont les déflagrations retentirent aussitôt. Pendant quelques secondes interminables, les balles sifflèrent rageusement au-dessus du pont.

Puis le bruit de la pétarade faiblit, et on releva lentement la tête pour jeter un coup d'œil. Un soulagement incrédule s'empara de tous : on venait de croiser l'Anglais à quelques brasses, et on était sauf. À présent, le vent éloignait le *Prince Sauvage* à toute vitesse, le poussant hors de portée de l'ennemi. Le temps que les Anglais fassent une manœuvre de retournement, le négrier serait loin. La corde toujours autour du cou, affalé sur la dunette, le capitaine reprenait son souffle.

« Qu'on pende haut et court ces deux mutins ! » hurla-t-il enfin d'une voix éraillée.

*
* *

M. Rémousin poussa un soupir. Le soleil se couchait une nouvelle fois, et toujours aucun navire du nom de *Prince Sauvage* ne s'était présenté au port. Il ne pouvait plus reculer : il lui fallait prévenir René Abalain. Ce n'était pas de gaieté de cœur. Son vieil ami Abalain... Et l'enfant, qui s'appelait aujourd'hui Julien, et qui était devenu son fils... Voilà que ce gamin avait pris un coup de tête et s'était embarqué sur le premier navire en partance pour Haïti ! Mais aussi, pourquoi Abalain ne lui avait-il pas raconté ce qui s'était réellement passé ?

S'il l'avait su, le petit n'aurait sûrement pas fugué. Maintenant il était peut-être mort.

Lentement, Rémousin regagna son bureau. Comment annoncer à René que le *Prince Sauvage* n'était jamais arrivé ? Quatre mois qu'il avait quitté Mindin. C'était trop, beaucoup trop. Jour après jour, il avait espéré, il avait reculé le moment de prévenir son ami, mais aujourd'hui...

Il soupira. Même avec des vents contraires, même avec des avaries, quatre mois, ce n'était pas possible. Il devait se rendre à l'évidence : le *Prince Sauvage* avait disparu corps et biens.

« Écrivez, dit-il à son secrétaire. C'est une lettre pour monsieur Abalain. »

*
* *

Un silence de plomb était tombé sur le navire. En dehors des ordres distribués d'une voix sèche et sombre, on n'entendait aucun rire, aucune conversation.

« Je vais les tuer, grinça Julien en passant sa main entre sa cheville et le fer à esclave qui la retenait.

— C'est la cinquième fois que tu le dis, fit remarquer Gabriel. Et ça avance à quoi ?

— Il n'y en a pas eu un pour prendre notre défense ! Des larves ! »

Il se tut. Au-dessus de sa tête, l'écoutille venait de s'ouvrir. Un homme descendit l'échelle. Youenn. Les deux prisonniers détournèrent la tête.

« Ne faites pas comme si vous ne m'aviez pas vu, bougonna le timonier, et arrêtez d'aboyer contre nous. Est-ce que vous êtes en train de servir de repas aux requins ? Non ! Eh bien, quoi que vous en pensiez, c'est grâce à nous, à Guérineau et à tout l'équipage. Et le capitaine a cédé juste à cause de votre jeune âge.

— Le capitaine devrait nous décorer, ricana Julien. Si on n'avait rien fait, toute sa cargaison serait au fond de l'eau, sans profit pour personne.

— Vous décorer ? Tu as le sens de l'humour. Une atteinte à la personne du capitaine, ça se règle par une pendaison, et je vous fais observer que vous avez juste les fers aux pieds.

— Merci, grogna Julien, on peut même se mettre debout. Quelle chance ! J'ai mal partout !

— C'est vrai... Une fois pendu, tu n'aurais plus mal nulle part. (Il leur tendit une gamelle de riz.)... Allez, les gars. On vous est tous reconnaissants de ce que vous avez fait. Là-haut, on marque le coup, vous savez. On évite d'avoir à s'adresser au capitaine et, en dehors des heures de service, on se tient loin de la dunette. Même Guérineau et le lieutenant.

— Si vous aviez été des hommes, lâcha Gabriel, vous auriez refusé de nous enfermer ici, et vous auriez pris le commandement du navire !

— Ah oui ? Tu en parles à ton aise. Ça s'appelle une mutinerie. C'est puni de mort. Et il aurait fallu que tous les hommes, absolument tous, soient d'accord : d'accord pour avoir ensuite à se cacher leur vie entière, d'accord de ne plus jamais trouver d'embarquement, d'accord pour voler le bateau, ou alors pour le ramener vide, en France, à l'armateur auquel il appartient... Non, les gars, personne ne veut faire ça. Mangez...

— On n'a pas faim, grogna Julien. Il fait une chaleur à crever.

— Ne pas manger ne réglera rien. Essayez de voir le bon côté des choses : le capitaine ne sait même pas qu'on vous apporte à manger et à boire, ni qu'on vous a logés au-dessous d'une écoutille et près d'un sabord pour que vous ayez de l'air. En plus on garde les Noirs sur le pont. Ça vous rend l'entrepont supportable, non ?

— Ils sont en plein soleil, là-haut ? s'inquiéta subitement Gabriel.

— Non, saint frère, on a tendu des voiles pour les protéger.

— Et le capitaine est d'accord ?

— Le capitaine évite de faire des remarques. Il sent l'ambiance, vous pensez !

— Les Noirs sont libres ?

— Les femmes et les enfants, oui. Sauf la nuit, bien sûr. Les hommes, on leur laisse les menottes et on les attache par deux, avec une corde assez longue quand même. On a toujours la trouille d'une révolte, et comme personne ne comprend leur langue, on ne peut pas savoir s'ils mijotent quelque chose. On a doublé la garde. On regrette bien ton violon, Julien. Pour compenser, on a distribué des fèves. Avec ça, ils jouent à des jeux à eux, auxquels on n'a encore rien compris.

— Et combien de temps on va rester là ? » soupira Julien en saisissant la gamelle. Youenn ouvrit ses deux mains d'un air d'ignorance désolée.

La chaleur était de plus en plus insupportable, et le vent, qui avait été si longtemps l'allié du *Prince Sauvage*, peut-être vaincu par la torpeur ambiante, déserta. Allongé sur les planches puantes de l'entrepont, Julien sentit ses yeux le piquer. Il n'en pouvait plus, il avait du mal à respirer. Il ne voulait pas pleurer, il ne voulait pas penser à sa maison de là-bas, il aurait voulu parler avec Gabriel, mais la chaleur étouffante lui ôtait toute envie de bouger, même la langue, et Gabriel paraissait éteint.

Haïti lui semblait loin, trop loin, et il avait presque peur d'y arriver. Il se demandait même ce qu'il allait y faire. Croyait-il retrouver ses vrais parents ? Des parents, il n'en avait sûrement plus. Ou alors, c'est qu'ils l'auraient donné à Abalain comme un paquet encombrant, et ça, ça lui ferait trop mal. Sa gorge se noua. Sa respiration s'accéléra. Non, en réalité il n'était pas parti pour les retrouver, il était parti pour comprendre. Ou peut-être pour punir les Abalain. Par moments, il aurait voulu être mort, pour ne plus penser à rien. Il ne savait plus où il en était.

À ce qu'il semblait, là-haut, la situation n'évoluait guère. L'air était immobile et brûlant, les voiles pendaient comme de vieux chiffons, et on murmurait que tout ça, c'était la faute du capitaine, qui avait détourné Dieu du navire.

« Ça va mal, ça va mal, dit BB en remontant de la cale. Les sacs ont pris l'eau pendant la tempête et les fèves fermentent. On va devoir tout jeter. Sans compter que la réserve de vinaigre diminue. Le capitaine veut qu'on le garde pour se rincer la bouche, à cause du scorbut. Pour désinfecter le bateau, on utilisera la poudre à canon.

— Si l'équipage attrape le scorbut, dit Gabriel d'un ton morne, les Noirs prendront le pouvoir et ce sera bien fait pour tout le monde.

— Oh, p'tit gars ! De quoi tu parles, là... ? Tu veux vraiment mourir ?

— Je me moque de la vie ! Dieu se vengera sur nous. Nous n'avons pas le droit d'acheter des hommes ni de les revendre. L'homme est une créature de Dieu, et une créature libre. »

Julien se redressa. Gabriel avait raison et ça lui faisait honte. Il fallait qu'il donne une meilleure image de lui-même. Il était en train de mesurer combien il s'était trompé sur son compagnon. Sous prétexte qu'il avait mal réagi à son départ presque forcé, il l'avait cru plus faible que lui, mais c'était l'inverse. Gabriel savait s'intéresser à d'autres qu'à lui-même.

« Pour ça, je suis d'accord avec toi, reconnut BB. Ma mère était esclave, tu ne t'en souviens pas ? Et il y a des jours où j'ai envie d'étriper les Blancs. Si j'avais su que ce bateau était un négrier, bien sûr que je ne m'y serais pas embarqué. Mais à cette heure, qu'est-ce qu'on peut faire ?

— On pourrait les débarquer à Haïti, tenta de proposer Julien, puisque l'esclavage n'y existe plus.

— Il faudrait se mutiner, avec tous les risques... Est-ce que ça en vaudrait la peine ? Et que feront-ils à Haïti ? Loin de chez eux, dans un pays inconnu, où ils ne possèdent rien. Les anciens esclaves ont déjà bien du mal à y survivre.

— Alors les ramener en Afrique.

— Comment ? Quel équipage voudrait faire ça ? Sans salaire, sans provisions, avec un bateau volé et l'étiquette de mutin ?

— Vous ne pensez qu'à vous, tous, à votre petite vie, fit Gabriel avec dégoût.

— Pas toi ? Eh bien, si tu te moques de la vie, tant mieux. Parce que, si ça t'intéresse : premièrement le bateau n'avance pas, deuxièmement nos réserves d'eau potable sont au plus bas, troisièmement on est cent soixante à bord. Or on a perdu la totalité des poules dans la bourrasque, les fèves sont fichues, et il me reste, en tout et pour tout, un baril de porc salé, six sacs de farine de maïs et un de riz. Quant aux biscuits... Regardez ! »

Et il ouvrit le sac qu'il venait de remonter de la soute.

Gabriel ne jeta même pas un coup d'œil, mais Julien remarqua immédiatement que les biscuits de mer témoignaient d'une activité inhabituelle. Ils grouillaient de vers.

« Ça ne m'étonne pas, ironisa-t-il, ils ont dû les prendre pour du bois. »

Les biscuits, depuis longtemps déjà il fallait les sucer pour les ramollir avant de pouvoir les avaler et, une fois qu'on les avait ramollis, on en percevait le goût. Et là, on se demandait si on n'aurait pas mieux fait de les avaler tout ronds.

« Ne plaisante pas, bougonna le cuisinier. Si le vent ne se remet pas à souffler, combien de temps est-ce qu'on va continuer à se traîner sur l'océan ? Les biscuits, on en aura bien besoin. (Il réfléchit.) Ce qu'il faudrait, c'est du vieux poisson à mettre sur les sacs. Alors les vers sortent des biscuits pour s'attaquer au poisson et, quand le poisson est plein de vers, on le jette par-dessus bord.... Qu'est-ce qui se passe, là-haut ? Qu'est-ce que c'est que ce vacarme ? »

Blaise-Benoît courut vers l'échelle, monta prudemment jusqu'aux abords du pont et passa la tête par l'écoutille.

« C'est la pagaille ! souffla-t-il.

— Les esclaves se sont révoltés ? demanda Julien d'une voix angoissée.

— Ils ont l'air de se bagarrer. Les gardes n'osent pas avancer. Ils frappent devant eux à coups de lanière de cuir... Voilà le capitaine. »

Le cuisinier baissa la tête. On entendit des coups de feu, puis le brouhaha se calma.

« Je ne crois pas qu'il y ait de blessés, chuchota BB en se redressant. Ils ont tiré au-dessus des têtes. Apparemment, les gardiens se sont saisis du meneur. Il a passé sa chaîne autour du cou de son voisin. Il était en train de l'étrangler. Les autres, ils ne bougent plus. Je crois qu'ils ont peur du capitaine.

— Je vous ai dit (c'était la voix de Chevillot) de ne pas attacher ensemble deux hommes d'ethnies différentes ! Ce nègre est du Bénin, vous ne le voyez pas ? Et vous le liez à un Sénégalais ! »

— Du Bénin ! se moqua BB. Encore des progrès à faire, capitaine ! Celui-là, il est sûrement du Congo, comme ma mère. »

Sur le pont, la voix s'éloigna un peu, mais on entendit encore distinctement :

« Il ne faut pas leur laisser la bride sur le cou. S'il y a la moindre révolte, ils n'hésiteront pas à nous passer par-dessus bord et à s'emparer du navire. »

La peur qu'avaient eue les matelots d'une nouvelle révolte à bord dut leur faire oublier leur ressentiment contre leur chef, car on ne perçut pas l'ombre d'une réaction.

« Attachez le coupable au mât de misaine, et qu'il y passe la journée. Sans une goutte d'eau. Donnez aux autres un peu de tabac à chiquer pour les calmer.

— Il n'y a plus de tabac à chiquer, capitaine !

— Alors allumez des pipes et faites-les-leur passer. Un matelot responsable pour dix. Qu'il donne tour à tour à chacun une bouffée. On ne peut pas risquer de leur laisser les pipes. Avec cette chaleur, si le feu prenait sur le bateau… ! (Il laissa planer un silence. Il paraissait se calmer.) L'inaction est mauvaise conseillère. Occupez-les. Donnez-leur des chaudrons, qu'ils les transforment en tam-tams. Ces peuples ont besoin de musique. Et puis remplissez-leur des baquets d'eau de mer pour qu'ils puissent se laver plus souvent. Dans leur pays, ils ont l'habitude de beaucoup se baigner, les garder sales peut leur faire attraper des maladies.

— Le capitaine a passé tous ces derniers temps à étudier ses livres, ricana Julien.

— Proposez-leur des petits travaux, continuait Chevillot, comme de raccommoder vos vêtements contre un peu de tabac ou quelques biscuits.

— *Biscuits*, grommela BB en reprenant son sac. Il va falloir que j'aille faire le point avec lui. Ce n'est pas que ça m'amuse. De la nourriture pour cent soixante personnes… »

Julien s'appuya au sabord pour regarder la mer immobile. Chez Abalain, la nourriture était quelque chose qu'on trouvait dans son assiette sans se préoccuper de savoir d'où elle venait. Quant à supposer qu'on puisse en manquer, cela ne lui était jamais venu à l'esprit. Souvent, même, il faisait la grimace. Surtout en pension, où tout lui paraissait sans goût. En pension, il n'aimait presque rien mais c'était sans importance, car sa m... Catherine Abalain lui donnait toujours à emporter un grand panier avec des gâteaux, de la confiture, du saucisson, des fruits secs, et du chocolat.

Du chocolat... Rien que d'y penser, il en avait l'eau à la bouche. Et dire qu'aux prochaines vacances, il devait travailler avec Abalain sur une nouvelle recette. Ils venaient juste de remplacer les pierres sur lesquelles on écrasait la pâte par des nouvelles, en granit rouge, bien plus efficaces. La qualité des pierres, c'était important pour obtenir un bon chocolat. Le reste aussi : les fèves, la manipulation, la proportion de sucre et d'aromates... D'après Abalain, c'étaient les Aztèques qui avaient inventé le chocolat – et même son nom, *chocollatl* – et eux y ajoutaient du piment et du poivre... Ça, ils ne l'avaient pas essayé, mais ils avaient envie de tenter autre chose que la traditionnelle vanille. Peut-être un mélange à base de cannelle, avec du miel à la place du sucre, et...

Julien ouvrit des yeux ronds. Une voile venait de descendre devant le sabord.

Une voile ?

Puis il y eut des cris. Un homme tomba à l'eau, deux...

« Gabriel ! » cria Julien, épouvanté.

13

Terre !

Le cœur battant, ils écoutaient les bruits venant du pont. Des exclamations, des...

Des rires ?

Julien passa la tête par le sabord. La voile ne s'était pas engloutie, elle était retenue aux quatre coins par des cordages et formait une sorte de nacelle qui n'était qu'à moitié plongée dans la mer. D'autres matelots, torse nu et en caleçon, descendaient maintenant par les échelles de corde pour se jeter dans cette baignoire improvisée.

« Salut, moussaillons ! lança Jos en passant la

tête par l'écoutille. Y a du nouveau. On a entendu un piaillement. Et sur une vergue, il y avait un oiseau.

— Ah ! Et alors ?

— Un oiseau, moussaillons, c'est signe que la terre n'est pas loin.

— La terre ? s'exclama Julien. La terre, Gabriel ! »

Le chirurgien ne répondit pas. Depuis un moment, il était comme ça. Plus rien ne semblait l'intéresser.

« Les officiers ont fait le point, reprit Jos, et ils pensent qu'on approche des Antilles, ce sont les îles qui font plein de petites taches sur la carte pour barrer le passage vers l'Amérique. Et j'ai vu des tapis d'herbe à la tortue. C'est une algue qui annonce une terre proche. Ça, c'était la bonne nouvelle.

— Il y en a une mauvaise ? s'inquiéta vivement Julien.

— Le capitaine a donné l'ordre de réinstaller tous les esclaves dans l'entrepont et de les entraver. Une terre, ça veut dire tentatives d'évasion.

— Et nous ?

— Les Noirs resteront attachés jusqu'à l'arrivée. Pour que la peur ne provoque pas de bagarre ou de suicide, on va leur distribuer du tafia.

— Et nous ? insista Julien.

— Vous ?... (Jos eut un soupir.) Vous, rien de nouveau.

— On va rester là ? Parmi les Noirs ?

— Je suis désolé, moussaillons. »

Julien donna un violent coup de poing contre la cloison.

« Guérineau a pris votre défense, ajouta Jos, mais le capitaine... Vous avez drôlement de la chance, moussaillons, d'être toujours en vie. De mon temps... Remarquez, l'équipage ne vous aurait pas laissé pendre haut et court, et je crois que le capitaine s'en doutait. C'est un homme intelligent.

— L'équipage n'aurait pas laissé..., fit Gabriel d'un air dégoûté. Je me le demande ! »

À cet instant, le bateau eut une sorte de soubresaut, accompagné de claquements sonores. Des cris de joie retentirent sur le pont.

« Qu'est-ce qui se passe ? s'exclama Jos en se redressant. Ce sont les voiles. Elles se gonflent ! Allez, moussaillons, on cingle vers Cuba.

— Cuba ?

— À mon avis, c'est là qu'on va vendre la cargaison. On pourrait aller en Guadeloupe, mais les Noirs y valent moins cher, parce que les révoltes d'esclaves couvent tout le temps et que les planteurs sont méfiants. Un esclave, c'est un baril de poudre. Ouaip ! le capitaine a sûrement choisi Cuba. Surtout qu'on y a besoin de main-d'œuvre pour la canne à sucre. Il suffit de s'ancrer dans une baie discrète et de décharger de nuit, en canot, pour éviter les fonctionnaires.

— Ils peuvent libérer les esclaves ? demanda Julien, plein d'espoir.

— Non, non, ils veulent juste récupérer une petite gratification, et le capitaine n'a aucune envie d'écorner ses bénéfices. Seulement, Cuba, on n'y est pas encore. La nuit vient sur nous, et ces parages sont pleins d'écueils.

— Tu les connais ? interrogea Julien, alarmé.

— Trop bien. Si vous voulez que je vous raconte, moussaillons... »

Jos eut un regard vers la dunette, puis, rassuré, il descendit l'échelle et s'assit près des prisonniers.

« C'était dans l'année 1802, reprit-il. J'étais embarqué sur le *Lion des Mers*. Ouaip ! Et, par un jour de gros temps, on s'est naufragé par là, au milieu des brisants. Je l'ai encore dans l'oreille, le sifflement des filins qui se rompent, et aussi le claquement des voiles déchirées. Et puis le grand crac, quand le bateau s'est empalé sur le récif de corail. Après, je ne me souviens plus de rien. Je me suis retrouvé tout seul au milieu de la mer, le corps déchiré par ces maudits coraux auxquels j'avais échappé par je ne sais quel miracle. J'étais là, accroché à un mât qui flottait, quand j'ai aperçu au loin la ligne bleutée d'une île. C'était un miracle ! Malheureusement les courants ne me poussaient pas par là. Je me mets à pagayer avec les mains et, après des heures et des heures, j'accoste sur une berge. Enfin, j'accoste, c'est beaucoup dire. Je m'empêtre dans les palétuviers. Vous savez ce que c'est que des palétuviers, moussaillons ?

— Des gens qui travaillent dans les marais salants, proposa Julien.

— Pas des paludiers, s'amusa Jos, des *palétuviers*. Ce sont des arbres qui font comme une jungle de racines aériennes. Je me suis hissé là-dedans, et j'étais tellement fatigué que je me suis endormi. Ce qui m'a tiré du sommeil, c'est les moustiques. Une nuée de moustiques que le coucher du soleil avait réveillés et qui me sautaient dessus comme la vermine sur le bas-clergé breton. La seule solution que j'ai trouvée contre ces sales vampires a été de me jeter dans l'eau. Ensuite impossible d'en sortir de toute la nuit. Là, moussaillons, j'ai cru y rester. Ma peau était devenue molle comme une méduse crevée, mes blessures étaient gonflées, béantes, couleur de cadavre.

« Au bout d'une éternité, le soleil s'est levé et a chassé ces maudites teignes. Ne croyez pas que j'étais tiré d'affaire. L'île était minuscule et, en dehors des palétuviers, il n'y avait aucune ombre. Un vrai paradis : moustiques la nuit, fournaise le jour. Sans une goutte d'eau potable. J'étais obligé de sucer des baies infectes pour me rafraîchir un peu. Comme vous le voyez, les gars, ça ne m'a pas tué.

« La nuit suivante, j'ai trouvé un autre moyen pour m'abriter des moustiques : je me suis enfoui le corps dans le sable et j'ai protégé ma tête, qui dépassait, avec mon pantalon. Je dois le dire, un moment, j'ai touché le fond, j'ai cru que ma vie s'arrêtait là. Et puis, je ne sais pas pourquoi – un sursaut –, j'ai décidé que je me battrais jusqu'au bout. J'ai fabriqué un radeau avec des branches de palétuvier, j'ai ramassé un morceau de planche échoué pour servir de pagaie, et vogue la galère ! Encore une fois, la mer et le soleil ont bien failli m'avoir. Mais mon heure n'était pas venue, moussaillons. Un matin, j'étais presque inconscient, quand mon radeau a heurté quelque chose. J'ai entendu des voix.

— Où est-ce que tu étais ?

— Je n'en avais aucune idée. Il y avait le feu. Des maisons qui brûlaient au loin. Quelqu'un m'a tiré de l'eau, on m'a donné à boire, et c'est deux jours après seulement que j'ai réussi à comprendre que j'étais à Saint-Domingue[1], que les Noirs s'étaient révoltés pour demander l'indépendance, et que le général Toussaint Louverture – qui était à leur tête – venait de mettre le feu à la ville de Cap-Français. Donc, j'étais là, à moitié mort, et ceux qui m'avaient sauvé, c'étaient des Noirs. Je ne sais pas pourquoi ils m'avaient tiré de là. Peut-être que, dans l'état où j'étais, je ne ressemblais plus à un Blanc. Évidemment, comme on était en pleine révolution, ils n'avaient rien pour me soigner. Et pourtant, ils ont réussi à guérir mes blessures. Avec quoi ?... Avec du lait de femme. Comme je vous le dis, moussaillons. »

*

* *

Julien regarda autour de lui avec frayeur. On réinstallait les Noirs en fixant au sol les barres qui retenaient leurs fers. Pour les obliger à redescendre ici de leur plein gré, on avait menacé de jeter les jeunes enfants et les vieillards par-dessus bord. Les jeunes et les vieillards, ça n'avait aucune valeur marchande.

Gabriel, lui, ne semblait pas impressionné, bien

1. À l'indépendance, l'ouest de l'île de Saint-Domingue a pris le nom de Haïti, et la ville de Cap-Français celui de Cap-Haïtien.

au contraire. Il paraissait soudain revivre. Malgré la barre qui lui entravait les pieds, il faisait le tour des captifs pour bander les chevilles abîmées. Julien constata avec surprise qu'il savait leur nom, et qu'il leur parlait, même si aucun sans doute ne comprenait ses mots. Alors il voulut faire un effort, montrer aussi qu'il était capable de... De quoi ? Il resta prostré dans son coin, sans arriver à faire le moindre mouvement. Il croyait ce que disait Gabriel et, en même temps, il ne pouvait s'empêcher de penser que ces êtres noirs n'étaient pas vraiment des hommes. En tout cas, pas comme eux. Les vrais hommes étaient tous nés d'Adam et d'Ève, qui étaient blancs. Donc...

Le capitaine avait dit que s'ils avaient le corps de cette couleur de malheur, c'est que leur âme était noire, que la malédiction de Dieu pesait sur eux, car ils étaient les descendants de Cham, l'indigne fils de Noé, Cham qui avait osé se moquer de son père ivre.

D'un côté, le fait que le capitaine ait prétendu cela inclinait plutôt Julien à ne pas y croire. Et puis BB avait grogné entre ses dents que c'était le soleil, qui était responsable de la couleur des Noirs, et que c'était une bonne couleur, pas comme celle des Blancs qui ressemblait à celle des vers qui grouillaient dans les biscuits.

Cent vingt, presque cent trente corps suant dans cet espace confiné, avec seulement trois sabords ouverts et un petit souffle qui venait par les écoutilles, malheureusement en grande partie arrêté par le bord du faux-pont... L'odeur et la promiscuité devenaient insupportables. Julien n'arrivait plus à respirer. Par moments, il avait envie de hurler.

Dans la nuit, les Noirs se mirent à chanter, ou plutôt à rythmer des mots, et ils s'accompagnaient en frappant le plancher de leurs menottes. Nul ne comprenait ce qu'ils disaient, mais c'était un chant à serrer le cœur.

On naviguait toujours cap au nord. D'après les matelots, on longeait les côtes de Saint-Domingue, cependant, on ne pouvait pas prendre le risque de s'en approcher avec un navire qui puait la traite à ce point. L'eau commençait à sentir mauvais et on était contraint de manger les derniers biscuits, quel que soit leur état. Devant l'ampleur de la colonisation, on avait renoncé à se débarrasser des vers et, comme disait Jos, c'était de la viande, donc c'était bon pour la santé...

Le troisième matin, Julien fut réveillé par des grincements et des coups dans la coque. Était-on en train de mettre à l'eau un canot ? Par l'écoutille, il apercevait un ciel d'un noir d'encre. Pourvu qu'on soit arrivé à Cuba !

Il avait soif, terriblement soif. La ration n'était plus que d'un quart de litre d'eau par jour, et il l'avait épuisée. Sa langue gonflée ne pouvait plus remuer dans sa bouche. Autour de lui, les Noirs se frottaient les poignets et les chevilles. Il essaya d'étendre ses jambes. Il les retira vivement : son pied avait heurté celui de son voisin immédiat.

Se méprenant sur son geste, l'homme lui adressa aussitôt un sourire bienveillant, en lui faisant signe qu'il ne le dérangeait pas. C'était un vieillard au visage émacié et aux cheveux blancs. Julien sentit la honte l'envahir. Il reprit sa place, laissant son pied frôler la jambe parcheminée de son voisin, et se força à sourire à son tour. Puis, posant sa main sur sa poitrine, il prononça :

« Julien. »

Le vieux hocha la tête et fit avec ses bras un mouvement imitant le geste du violoniste. Dans ses yeux était passée une lueur de gaieté. Il répéta le nom comme s'il le savait déjà depuis longtemps et, à son tour, dit le sien, Coffi, puis celui de son voisin, Kiamba. Et, pour la première fois, Julien les vit vraiment. Ils avaient les yeux enfoncés dans leurs orbites par la souffrance, mais ils souriaient. Alors il fut heureux d'avoir agi comme il l'avait fait pendant l'attaque des Anglais, même si ça lui valait d'être ici aujourd'hui.

Coffi leva brusquement la tête vers le sabord. L'inquiétude venait de passer dans ses yeux. Il remua les lèvres comme pour une prière, puis montra vite à Julien qu'il devait agripper la barre qui retenait ses pieds.

« L'orage..., souffla alors Gabriel. Mon Dieu ! Et nous sommes adossés à la soute à poudre ! »

*
* *

« Je crois que c'est fini », souffla Julien d'un ton mourant.

Sa chemise collait à sa peau, sa pommette était enflée du coup qu'il s'était donné contre la cloison, mais il n'y avait pas eu d'explosion. Les ténèbres tumultueuses et menaçantes qui les avaient si brusquement enfermés semblaient pâlir, le mugissement des vagues déferlant sur le pont s'atténua, l'orage s'éloignait. Un orage de mer. Il en était encore hébété. Le ciel craquant de mille blessures aveuglantes, des vagues hautes comme des montagnes...

Il reprit péniblement son souffle. La foudre n'était pas tombée sur les girouettes des mâts, le feu n'avait pas pris dans la résine et le goudron... Un miracle. Gabriel disait que ce genre de feu était impossible à éteindre avec de l'eau, et que si le mât d'artimon, à l'arrière, était touché, alors... (il s'épongea le front avec la manche de sa chemise), alors ils pouvaient dire leur dernière prière, car les flammes seraient descendues tout droit dans la sainte-barbe, la soute à poudre. Et cette soute se trouvait juste derrière eux.

Tout allait bien... Le vent se calmait, le navire ne craquait plus, la mer s'apaisait.

Le noir du ciel se déchira en mille lambeaux de nuit, et le soleil glissa jusqu'au *Prince Sauvage*. Julien détacha lentement ses mains de la barre qui retenait ses fers. Elles tremblaient de fatigue. Agripper la barre était la seule façon d'immobiliser un peu le corps pour qu'il soit moins ballotté et que les chevilles ne souffrent pas trop. C'est ce que Coffi avait voulu dire.

Gabriel, appuyé à la cloison, semblait décomposé. Autour d'eux, les gémissements s'éteignaient, mais les vomissures dégageaient maintenant une puanteur insoutenable. Julien sentit son estomac se contracter. Il n'eut que le temps de se pencher violemment en avant, et vomit à son tour entre ses pieds. Un relent aigre lui envahit la bouche. Il s'aperçut que les déjections rampaient autour de lui au rythme des mouvements du navire.

« Laissez-nous sortir ! hurla-t-il. Laissez-nous sortir ! »

L'écoutille s'ouvrit.

« Personne ne sort, répondit un marin, ordre du capitaine. On voit la côte, et ce serait trop de tentation pour les captifs.

— Mais nous ! cria Julien. Nous !

— Tu n'as pas honte ? lâcha Gabriel en lui envoyant un coup de pied. Toi... Toi... C'est tout ce que tu sais dire !

— Fiche-moi la paix ! Je veux m'en aller d'ici ! Je veux... »

La voix de Julien, qui était montée crescendo, s'éteignit d'un coup. Il se laissa retomber sur le sol et éclata en sanglots.

« Eau fraîche, bananes... »

C'était Jos, penché sur l'écoutille. Est-ce qu'ils étaient en train de rêver ? Un filet plein de fruits descendait vers eux. Les deux garçons se relevèrent.

« On avait envoyé un canot à terre avant l'orage, expliqua Jos, et voilà le résultat. BB est en train de faire cuire le maïs – faites attention de ne pas vous faire assommer par le baril d'eau. On est ancré dans une baie, tout près de Santiago de Cuba. Ça, c'est pour les bonnes nouvelles.

—... Et les mauvaises ? fit Julien agacé.

— Les mauvaises, c'est qu'aucun garde ne veut plus descendre dans l'entrepont à cause de l'odeur. Alors le capitaine a pensé à vous pour la distribution. Surtout depuis qu'il sait qu'on n'a pas fixé vos barres et que vous pouvez vous déplacer.

— Le salaud ! » souffla Julien.

Mais Gabriel n'écoutait déjà plus. Il s'était assis sur le tonneau et faisait avec les mains des gestes indiquant aux Noirs qu'ils allaient avoir à manger et à boire. Puis il ajouta de rester calme. Gabriel se débrouillait très bien avec ses mains.

« Occupe-toi des bananes, dit-il enfin à Julien, je vais faire passer à boire. »

Julien engloutit d'abord une louchée d'eau avant de se charger de bananes et de s'avancer au milieu des Noirs. Depuis qu'il s'était rendu compte qu'eux aussi avaient un nom, qu'ils savaient sourire, qu'ils le reconnaissaient (mais que s'était-il imaginé ?), il n'avait plus peur du tout.

Il avait presque fini de distribuer les bananes du côté des hommes, lorsqu'il s'aperçut que l'un d'eux ne se levait pas pour prendre sa part. Malgré la barre qui lui entravait toujours les pieds, il réussit à se frayer un passage vers lui.

« Hé ! tu ne veux pas manger ? (Il se redressa brusquement.) Gabriel ! Gabriel ! Il y a un... un... »

« Capitaine ! cria Gabriel en mettant ses mains en porte-voix. Je veux voir le capitaine ! »

Il y eut un peu de remue-ménage sur le pont, puis Chevillot parut enfin à l'écoutille, l'air digne et suffisant.

« Un problème, monsieur le chirurgien ? se moqua-t-il.

— Il y a deux morts, ici. Deux morts !

— Remettez-vous, monsieur, vous êtes au bord des larmes. Une vraie poule mouillée ! Mais, rassurez-vous, on vient de m'apporter une excellente nouvelle : la totalité de la cargaison a trouvé preneur. Moins hélas, les deux manquants que vous venez de me signaler. J'espère qu'il ne s'agissait pas de belles pièces d'Inde.

— Il s'agissait d'êtres humains, capitaine ! Un vieil homme et un enfant de six ans.

— Aucune importance, alors. C'est même mieux : un sujet douteux peut déparer tout un bel ensemble. Allons, cher et fidèle chirurgien, vous allez voir, ils vont être contents, vos protégés. Leurs nouveaux maîtres ont donné des vêtements neufs pour chacun, et vous allez pouvoir les leur distribuer. C'est important. Les colons – qui s'y connaissent fort bien en la matière – disent que ce cadeau rassure les nègres, leur fait retrouver l'espoir et les dissuade de tenter de s'enfuir pendant leur transfert. Tout ira donc bien. Donnez-leur à manger, habillez-les et tenez-les prêts pour ce soir. À la nuit tombante, nous les emmènerons à terre.

— C'est vous qui les avez tués, capitaine ! lança Gabriel avec colère. Et je vous garde le meilleur pour la fin... »

Le capitaine le toisa avec surprise.

« Quel meilleur ? demanda-t-il enfin sans relever l'insolence.

— Ils sont morts de la variole. »

Il y eut un court silence puis, se reprenant, Chevillot cria :

« Qu'on se dépêche ! Il n'y a pas une minute à perdre. Jetez les morts à la mer, attachez les autres et embarquez-les dans les canots. Monsieur Guérineau, combien faudra-t-il effectuer de rotations ?

— Une quinzaine, mon capitaine.

— Bien. Je pars avec le premier canot. Vous tirerez à la courte paille le tour d'embarquement des marins en les répartissant soigneusement parmi les nègres. »

« Il n'y a plus personne ? souffla Julien avec incrédulité. Ils sont tous partis ? »

Les derniers captifs étaient remontés sur le pont et on n'entendait plus aucun bruit.

« Ils les ont tous emmenés », soupira Gabriel.

Et Julien comprit qu'ils ne parlaient pas de la même chose : lui de l'équipage qui avait traîtreusement débarqué en les laissant là, Gabriel des esclaves.

« Est-ce que nous avons fait pour eux ce qu'il fallait ? reprit le chirurgien. Est-ce que nous n'aurions pas dû...

— Arrête, Gabriel. Ils ont leurs problèmes et nous les nôtres. »

Gabriel ne répondit pas.

« Je veux enlever ces fers. Les enlever ! » cria Julien.

Et, peut-être pour détourner Gabriel de ses sombres pensées, peut-être pour oublier lui aussi, il s'emporta violemment :

« Saleté d'équipage ! Ils ont tous filé et ils nous ont abandonnés. Tous... ! Et on croyait avoir des amis, ici ! Les salauds ! Ils sont descendus à terre et se foutent pas mal de nous.

— Notre sort, à côté de celui de ces esclaves..., protesta Gabriel.

— Il faut que le capitaine nous relâche, interrompit Julien. Je veux aller à Haïti !

— Chut ! Écoute ! »

14

Au pied du morne

On entendait des coups sur la coque du bateau, des coups discrets mais répétés. Julien se coula près du sabord. Un canot était là, tache sombre dans le miroitement de l'eau.

« Ho ! vous êtes là, moussaillons ? »

À la lueur du clair de lune, ils apercevaient deux ombres dans le canot.

« C'est toi, Jos ?

— Chut ! Ne faites aucun bruit et allez vous poster sous l'écoutille. »

Le canot s'éloigna du sabord. Puis il y eut un

long silence, avant qu'on ne perçoive des voix sur le pont. Jos parlait aux deux matelots de garde. Un long moment passa, puis un chuchotement parvint du dessus.

« Bon vent, moussaillons, et faites attention à vous ! »

Deux sacs tombèrent à leurs pieds. Leurs sacs. La tête de Jos disparut aussitôt et ils l'entendirent qui s'adressait de nouveau aux gardes.

« Bon vent ? suffoqua Julien. Avec nos fers aux pieds ? »

C'est alors qu'un gros objet fit son apparition à l'écoutille, avant de glisser lourdement le long de l'échelle. Ils suivirent sa descente avec inquiétude. Une malle ! Ce n'était qu'une malle, attachée à une corde.

Un homme descendit à son tour. Non pas Jos, mais Youenn !

« Dépêchez-vous ! souffla le timonier. Voilà les clés de vos fers, ouvrez-les vite pendant que Jos occupe les gardes. »

Et tandis que, les mains tremblantes d'énervement, les garçons tentaient de trouver le mécanisme qui les libérerait, Youenn tirait sa malle vers le sabord. Là-haut, Jos parlait plus fort qu'il n'était nécessaire, pourtant ils ne percevaient pas ses mots. Ils étaient incapables d'entendre autre chose que le grincement de la serrure qui leur emprisonnait les pieds.

Quelques minutes plus tard, quatre ombres passèrent par le sabord. Youenn, la malle, les deux garçons. Le canot s'éloigna silencieusement dans la nuit.

Julien respirait à pleins poumons, ivre de sa nouvelle liberté. De temps en temps, il passait ses mains sur ses chevilles, pour bien se persuader que le cauchemar était fini.

« On n'est pas très loin de Haïti, souffla Youenn quand ils furent hors de portée de voix du *Prince Sauvage*. C'est juste de l'autre côté du bras de mer.

— Tu as déserté pour nous sauver ?

— Bah ! lâcha Youenn. Ça m'arrange aussi. Je serai plus vite chez moi. Sentez !... C'est le parfum des îles. Le parfum de mon pays... (Il s'étira avec volupté.) Malheureusement il ne peut lutter contre le nôtre, reprit-il d'un ton plus pragmatique, alors, déshabillez-vous. J'ai acheté des vêtements propres ; ceux que nous avons sur le dos puent le négrier, et cette odeur, à Haïti, on ne l'aime pas beaucoup. »

Ils se changèrent dans les premières lueurs de l'aube. C'était la plus belle aube que Julien ait jamais vue, celle de la liberté. Il aurait voulu que

Gabriel partage sa joie, mais Gabriel restait préoccupé. Il pensait évidemment aux esclaves, à ce qu'ils allaient devenir. Il savait que, à cette heure, ils devaient être exposés sur un marché, et que les acheteurs leur examinaient les dents et le blanc de l'œil. Il était forcément hanté par l'image de Banbary, du vieux Kiamba, de Lalitté, de Dimbo, de Coffi qui arrivait toujours à trouver un sujet de gaieté dans son malheur.

Coffi... – Julien se sentit soudain oppressé. C'était ce vieillard émacié qui lui avait montré comment se tenir pendant l'orage pour ne pas trop souffrir. Un homme dans la douleur, et qui se préoccupait de celle des autres.

Julien prit une grande inspiration. L'interdiction faite à l'équipage de nouer des relations avec les prisonniers avait ses bons côtés : si on ne les connaissait pas, on ne gardait pas de blessure au cœur. Il avait tenté de détourner l'attention de Gabriel de leur sort, puisqu'on ne pouvait rien y faire, mais c'était trop tard, il le savait. Gabriel n'oublierait jamais.

Et lui ?

Ils se relayèrent régulièrement aux rames. Impossible de tenir compte d'un nombre d'heures puisqu'ils n'avaient ni montre ni sablier. Celui qui ne ramait pas dormait au fond, entre le baril d'eau et les fruits que Youenn s'était procurés à terre. Dans la journée, le soleil cognait terriblement. Ils avaient dû nouer ensemble toutes leurs chemises pour s'en faire un parasol, mais, la fraîcheur, ils ne pouvaient l'espérer que de la nuit.

Peu à peu, le monde du négrier se dissolvait, les hurlements et les pleurs qui résonnaient dans leurs oreilles faiblissaient. Le claquement des voiles, les ordres criés, le grincement du cabestan se turent.

Un soir, ils aperçurent enfin la ligne lointaine signalant une côte. C'est Youenn qui la leur montra du doigt. Le cœur de Julien se mit à battre plus vite. Avec une excitation mêlée de crainte, il la fixa un moment, comme pour se rappeler toujours cet instant.

Contrairement à ce qu'il pensait, on se contenta de longer cette terre, puis on la perdit de vue.

Le deuxième soir, ils discernèrent à tribord une autre côte, mais, dit Youenn, c'était juste l'île de la Gonave.

Enfin, un nouveau jour se levant sur l'océan éclaira d'une brume rosée les montagnes qui barraient l'horizon au sud. La Gonave avait disparu et, à bâbord, se profilaient des collines que Youenn appelait « mornes ».

« C'est la chaîne des Matheux, dit-il d'une voix un peu nouée. C'est chez moi.

— On se trouve loin de Port-au-Prince ? questionna prudemment Julien.

— Une vingtaine de kilomètres. Port-au-Prince est dans la plaine du Cul-de-Sac, de l'autre côté de la baie. C'est là que tu veux aller ?

— C'est là que je ne veux *pas* aller.

— Pourquoi ?

— J'ai mes raisons. »

Sans rien dire, Gabriel examinait l'endroit, comme s'il évaluait le temps qu'il lui faudrait pour s'y rendre. La ville, on en était trop éloigné pour la distinguer, mais un gros navire de commerce se dirigeait vers elle. Port-au-Prince était la nouvelle capitale et il y avait certainement là-bas des bateaux qui rentraient en France.

« Ramez un peu, les gars, dit Youenn. Moi, je me sens un ramollissement de partout. Ça me fait ça à chaque fois que j'arrive. La trouille. La trouille de ce que je vais trouver. Presque un an que je suis parti, six mois que je n'ai pas eu de nouvelles. »

Il s'assit sur sa malle, le regard tourné vers la terre.

« Ma case se trouve au pied du morne, là, indiqua-t-il. Vous verrez, elle est petite mais confortable. On a un verger et un champ d'indigo.

— L'indigo, ça se mange ? demanda Julien.

— Non. C'est pour faire de la teinture bleue. J'ai aussi un champ de café sur les pentes.

— Le café, commenta Gabriel, mon père en rapportait quelquefois des îles. Évidemment on ne le buvait jamais. Ça vaut tellement cher que ma mère préférait le revendre.

— M'étonne pas, dit Youenn. Pour nous, ça rapporte bien. Chez nous poussent des plantes qui ne poussent pas en France et dont vous avez besoin. C'est notre chance. En repartant, j'en bourrerai mon coffre. Avantage du métier de marin. Allez, moussaillons – comme dirait Jos –, à l'eau ! On ne peut pas se présenter à ma femme puant comme de vieilles sardines ! »

Et, sur ces mots, il se jeta dans la mer.

*
* *

Ils avaient abordé dans un endroit choisi par Youenn « pour n'avoir pas à traverser les ravines ». Puis, laissant à Gabriel la garde des affaires, ils se mirent à la recherche d'une carriole à louer. Après des mois de mer, le sol semblait si curieusement tanguer sous leurs pas qu'ils avaient l'impression d'être ivres.

Le bout de la plage était planté d'immenses cocotiers, sous lesquels se tenait un marché plein de couleurs et de bruits. Après le confinement et l'austérité de la vie sur le bateau, Julien n'arrivait pas à en croire ses yeux. C'était chez lui ! Ici, dans ce pays coloré, c'était chez lui ! Pourtant ces mots, au lieu de lui apporter le bonheur qu'il en attendait, lui pesaient sur le cœur. Son exaltation retomba aussitôt.

« Youenn, murmura-t-il subitement, ils... sont presque tous noirs ! »

Et une peur panique le saisit. Il espéra de toute son âme qu'il ne portait plus sur lui l'odeur du négrier.

Youenn, lui, semblait parfaitement à l'aise et comme rajeuni. Il interpellait les uns et les autres et discutait dans une langue inconnue. Finalement, il l'informa en riant que tout le monde, sa femme et sa fille, allait bien « là-haut » et qu'on pouvait monter sereinement. Tirant derrière lui la carriole qu'il venait de louer, il reprit le chemin de la plage. Au passage, il acheta des mangues à deux femmes noires qui étaient pieds nus, mais vêtues d'amples robes très colorées et coiffées d'un foulard rouge et jaune dont le nœud, sur le dessus de la tête, se terminait par deux pointes provocantes.

Les yeux de Julien balayaient sans cesse le paysage. C'était dans ce pays qu'il était né. Ces parfums, c'est ceux qui avaient baigné sa naissance. Les chemins étaient étroits, bordés d'arbres très verts qui portaient curieusement à la fois des fleurs et des fruits colorés dans lesquels il reconnut avec émerveillement citrons et oranges.

Youenn arrêta la carriole.

« Sentez ! souffla-t-il en respirant avec volupté. Ça, c'est Haïti ! »

Il y eut à cet instant des exclamations venant de l'autre côté de la haie. Youenn posa les brancards sur le sol et s'avança vivement sous les arbres. Les exclamations reprirent. On s'interpellait, on levait les bras dans un geste de surprise, on se lançait des mots incompréhensibles pour les jeunes Français. Il s'agissait d'hommes, qui tenaient à la main d'énormes coutelas. Autour d'eux, de hautes tiges de bambou – trois mètres au moins – dont beaucoup venaient d'être coupées. Les deux garçons n'osèrent pas avancer.

« Venez ! » appela alors Youenn.

Il ramassa une de ces grandes tiges couchées sur le sol et la coupa en tronçons qu'il leur distribua. Puis il goûta celui qu'il avait gardé.

« Bien mûr, apprécia-t-il. Pas âcre du tout, sucré à souhait.

— C'est du bambou qui se mange ? demanda Julien.

— C'est de la canne à sucre. »

Tout en mâchonnant ce morceau de canne juteux et sucré, ils regagnèrent le chemin. Même s'il était pressé, Youenn prenait le temps de s'arrêter à chaque champ pour évaluer les plantes d'une main de connaisseur. Il semblait métamorphosé. Lui d'ordinaire si peu bavard, ne se lassait pas de leur expliquer bananiers, papayers et autres arbres mystérieux, dont ni Julien ni Gabriel n'arrivèrent à retenir le nom. Enfin, à l'orée d'un moutonnement de jeunes plants d'orangers, Youenn se tut et leur confia les brancards de la carriole.

« Maintenant, je vais seul. Vous m'attendez ici. »

À gauche, un sentier doublé d'un ruisseau s'enfonçait dans la verdure jusqu'à une maison tout en rondins de bois devant laquelle bêlaient quelques chèvres. Un arbre – dont ils surent plus tard qu'il s'agissait d'un goyavier – se penchait vers une porte peinte en jaune vif. Youenn disparut dans la case.

Julien regarda autour de lui. René Abalain avait vécu ici, quelque part, pas loin. Se pouvait-il que lui aussi y soit né ? Il observa le chemin, les buissons, les pentes du morne, comme s'il pouvait reconnaître quelque chose.

« Voilà, on y est, sur ton île, lâcha Gabriel. Qu'est-ce que tu vas faire à présent ? Combien de temps comptes-tu rester ? »

Comme Julien ne répondait pas, il insista :

« Tes vrais parents sont sûrement morts, tu ne les retrouveras pas.... Quand tu en seras sûr, tu rentreras ?

— Fiche-moi la paix, Gabriel, je ne t'ai pas obligé à venir. Tu peux repartir quand tu veux.

— Qui va te nourrir, ici ? Est-ce que tu sais ce que veut dire "gagner sa vie" ? »

Il lut dans le regard de Julien un léger doute, et s'empressa d'ajouter :

« Tu n'y as jamais pensé, hein ! À l'institution, personne n'en a la moindre idée. Avoir à manger, de quoi s'habiller, c'est normal, n'est-ce pas ? Ça tombe tout rôti. »

Julien n'eut pas le temps de répliquer. Une femme venait de surgir dans l'ombre du goyavier et les appelait. Ils demeurèrent stupéfaits. Elle portait une robe aux couleurs vives, ornée de dentelle en bas, un foulard cachait ses cheveux... Elle était noire.

« Venez ! lança-t-elle en français. Vous n'allez pas rester plantés là ! »

Un instant, leur éducation la leur fit prendre

pour la servante, jusqu'à ce que Youenn, sortant à son tour, la présente :

« Voici Anne-Yogo, ma femme... Ma matelote, comme on dit ici. Et ma fille Flore. »

Il souleva dans ses bras une fillette qui devait avoir deux ans au plus, et dont le teint était couleur de café au lait, à mi-chemin entre celui de son père et celui de sa mère.

La maison était petite et sombre, mais il y faisait délicieusement frais, grâce sans doute à l'enduit épais qui couvrait les rondins à l'intérieur. Les trois pièces n'étaient séparées que par des demi-cloisons, et le lit disparaissait sous une grande moustiquaire. Ouvrant enfin sa malle, Youenn commença à la vider sous les exclamations enthousiastes de sa femme.

« De la farine de blé ! De l'huile ! Des chandelles ! »

Imitant sa mère, la petite Flore poussait des cris de joie à chaque objet qu'on sortait et répétait ses mots avec maladresse, visiblement sans les comprendre. C'était un spectacle amusant et chaleureux qui serra le cœur de Julien.

Vue de près, Anne-Yogo n'était pas si noire qu'il leur avait paru d'abord. Youenn leur expliqua qu'elle était mulâtre, car son père était blanc et sa mère noire. Cela faisait que Flore, fille de mulâtre et de Blanc, était mestive et que, si elle épousait un Blanc, ses enfants seraient quarterons.

« Plus on croise avec du blanc, plus le chocolat se dilue », conclut Anne-Yogo avec bonne humeur.

Plus le chocolat... Julien serra les lèvres. On l'appelait Chocolat... Une bouffée de chaleur l'envahit et la sueur lui perla au front.

« Et moi, dit-il d'un ton mal assuré, je suis quelle dilution ?

— Toi ? (Anne-Yogo le considéra avec attention.) Je ne crois pas que tu aies du sang noir. Je te vois plutôt genre espagnol.

— BB te l'avait dit, fit remarquer Gabriel.

— Pourtant je suis né ici. Qu'est-ce que je suis, alors ?

— Va savoir ! lâcha Youenn. Ici, on a toutes les couleurs, parce que c'est une île qui en a vu de toutes les couleurs. Des Espagnols, des Français, des Anglais, des Portugais, ça se croisait et ça se recroisait. Sans compter les peuples qui vivaient ici quand Christophe Colomb a débarqué. Remarquez, ceux-là, il n'en est pas resté beaucoup, ils ont été pratiquement exterminés. Ensuite on a importé des esclaves noirs, et tout ça s'est mélangé...

— René Abalain, s'intéressa Gabriel, il avait aussi des esclaves ? »

Il ne s'aperçut pas que Julien le fusillait du regard.

« Évidemment. Tout le monde avait des esclaves. Esclaves de champs, de maison, d'atelier ; dans les sucreries, dans les rhumeries, dans les indigoteries. Tout le monde en avait. René Abalain comme les autres. Tiens, la mère d'Anne-Yogo travaillait chez lui, aux cuisines. »

Il y eut un court silence et, enfin, Julien retrouva sa voix pour demander avec une certaine anxiété :

« C'est près d'ici, d'après ce que tu disais.

— La plantation Abalain se trouve juste au bout du chemin.

— L'ancienne plantation, tu veux dire...

— Elle appartient toujours aux Abalain. À la fille, Victoire, la sœur de René. »

Julien en demeura pantois. Une sœur ? René Abalain ne lui en avait jamais parlé ! Il se força à se détendre. Après tout, quelle importance ? Ces gens-là n'étaient pas sa vraie famille !

« D'ailleurs, poursuivait Youenn, elle a eu bien du mal à conserver la plantation après la libération de l'île. »

Anne-Yogo ajouta d'une voix chantante :

« Elle a dû s'associer avec le commandeur de la plantation, le contremaître, si vous voulez. Lui, il est mulâtre et il a donc le droit de posséder de la terre.

— Les Blancs n'en ont pas le droit ? interrogea Gabriel.

— Non. À l'indépendance de l'île, le premier empereur a déclaré qu'aucun Européen ne serait plus jamais maître ici.

— Et il ne s'est pas contenté de ça, nota Youenn, il a aussi décidé de les massacrer. C'est pour ça que les Blancs ont fichu le camp à Cuba. Nous aussi. On n'est revenus que quatre ou cinq ans plus tard. René Abalain, je ne sais pas. On a appris ensuite qu'il s'était installé en France. Sa sœur Victoire, elle, n'était pas partie. Faut dire : c'est un sacré bout de femme, Victoire. Elle s'était cachée et elle avait tenu bon. C'est sans doute pour ça qu'elle a pu conserver la plantation.

— C'est une plantation de canne à sucre ?

— Non, une cacaoyère. »

Une cacaoyère...

Victoire Abalain. Une cacaoyère. La stupéfaction rendit Julien muet. Le cacao qu'ils traitaient à la chocolaterie venait-il d'ici ? Pourquoi René ne lui en avait-il jamais parlé ?

De nouveau, il se sentit oppressé. Comme s'il avait ouvert par hasard une porte interdite et qu'il allait découvrir, derrière elle, le cadavre des sept femmes de Barbe Bleue.

15

La plantation Abalain

Julien dormit fort mal dans l'appentis du bout, entre un saloir et la réserve de blanc de baleine, sous une étagère où s'entassaient des vieilles lampes, des serrures rouillées et quantité de bricoles. Pendant la nuit, il lui était venu une idée : cette sœur de René dont il ignorait l'existence, elle saurait probablement qui il était. Et en même temps qu'un espoir fou, cette pensée faisait monter en lui une sorte de terreur.

Non, il ne devait pas reculer : il avait pris sa décision et il s'y tiendrait.

Le lendemain matin, quand il se réveilla, Anne-Yogo finissait de charger sur un cabrouet[1] des bottes d'indigo. Youenn expliqua qu'elle devait l'emmener à l'indigoterie voisine, pour la bonne raison qu'ils ne possédaient ni le moulin ni le matériel nécessaires au traitement. Lui, resterait à la maison pour sarcler les plans de manioc dans le jardin, planter des patates douces, des arachides, des piments, il ne savait pas encore. Il parlait de ces travaux comme s'il s'agissait d'un amusement, comme il aurait annoncé une fête.

« Moi, déclara alors Julien, je vais aller chercher du travail.

— Ce n'est pas urgent. Pour l'instant, tu es mon invité.

— C'est gentil, Youenn, mais tu n'as pas à me nourrir.

— Moi je le ferai, intervint Gabriel, avec ce que j'ai eu de mon salaire de chirurgien.

— Garde ton argent pour rentrer en France. Je vais aller voir à la plantation Abalain.

— À la plantation ? s'étonna Youenn.

— Pourquoi ? Il n'y a pas de travail là-bas ?

— Si, sans doute. C'est plutôt que Victoire Abalain, elle n'est pas commode, je te préviens ! »

1. Charrette.

Une demi-heure plus tard, Julien remontait le long de la rivière presque à sec. Il serrait les dents très fort pour s'obliger à avancer. Il aurait bien aimé que Gabriel l'accompagne, mais c'était impossible : ce qu'il apprendrait de ses origines, il n'aurait peut-être aucune envie que quelqu'un d'autre en ait connaissance.

Il s'arrêta au bord du filet d'eau qui coulait en contrebas. À ses craintes se mêlait une sorte d'émotion, comme si un œil suivait chacun de ses mouvements. À l'insu de René Abalain, il découvrait les lieux où celui-ci avait passé sa jeunesse, et cela lui donnait l'impression de commettre une indiscrétion.

Youenn avait dit qu'il fallait d'abord traverser le champ de coton... À quoi pouvait bien ressembler un champ de coton ? Mystère. À vrai dire, Julien avait cru jusqu'alors que le coton venait de la toison d'un animal, comme la laine.

Après l'immense étendue de cannes à sucre, il arriva à un champ de jeunes plants à feuilles vertes. Le coton ? On n'y voyait pas le moindre soupçon de blanc. Il fallait poursuivre sur deux cents mètres et... Bon sang, il avait dû se tromper ! Après le coton, il ne voyait pas de cacaoyers, juste un bois très sombre. D'un pas hésitant, il s'engagea sous les arbres. Les champs de cacao commençaient sans doute juste derrière.

Dans le verger qu'il traversait maintenant, il reconnaissait de grands citronniers, des bananiers, mais l'essentiel était constitué d'arbres qu'il n'avait encore jamais vus. Leurs branches étaient couvertes d'une belle écorce argentée, avec très peu de feuilles, rose pâle ou vertes, ou marron comme du vieux cuir. Il y avait aussi des petites fleurs d'un blanc rosé, plantées directement sur les branches, et surtout de jolis petits ballons ovales verts, jaunes ou rouges. On aurait dit une multitude de lampions qu'on aurait accrochés là pour une fête. Est-ce que c'étaient des fruits ? Pouvait-on les manger malgré leur épaisse carapace ?

Il tourna vivement la tête. Une clairière s'ouvrait sur la gauche. Toutefois, au lieu des plants de cacaoyer qu'il cherchait, il découvrit une maison.

Elle ne ressemblait pas à celle de Youenn, c'était une haute construction de bois à rez-de-chaussée de pierre. Tout le long de l'étage courait une galerie et, sur cette galerie, se tenait une femme, le visage à demi caché par un grand chapeau de paille.

« S'il vous plaît, demanda Julien en s'avançant, je cherche Victoire Abalain. Pouvez-vous me dire où... »

La femme avait disparu. Embarrassé, Julien

s'arrêta. Il se trouvait dans une vaste cour entourée de cases pour la plupart désaffectées. Devant une porte ouverte, à l'abri d'un arbuste couvert de grandes trompettes rouges, une énorme robe jaune et verte trônait dans un fauteuil. Dépassant en bas, deux gros pieds noirs ; en haut, un visage rond surmonté d'un madras jaune d'où débordaient quelques cheveux blancs. L'énorme matrone observait Julien sans rien dire, en tirant de temps en temps des bouffées d'une pipe blanche à long tuyau. C'était la première fois de sa vie que Julien voyait une femme fumer.

Impressionné, il allait reculer dans le chemin lorsque la femme de la grande maison réapparut, à la porte du bas cette fois. De taille moyenne, très sèche, affublée d'une robe grise sans élégance. Sa peau était brûlée par le soleil, cependant, c'était une Blanche.

« Qu'est-ce que tu lui veux, à Victoire Abalain ? » demanda-t-elle d'un ton cassant.

Elle ne lui sembla pas extrêmement vieille – l'âge de ses parents – et possédait un vague air de ressemblance avec René Abalain, la sévérité en plus. Julien n'eut plus aucun doute : il avait devant lui cette fameuse Victoire.

« Je suis... j'arrive de France. Je suis un ami de votre neveu... Le fils de votre frère René. »

La femme prit un ton agacé.

« Mon frère aurait un fils ? Grand bien lui fasse ! Et alors ? Tu attends quelque chose de moi ?

— Je..., fit Julien désarçonné, je cherche du travail.

— Du travail ? Sur la plantation ? (Elle le détailla de la tête aux pieds d'un œil sans complaisance.) Ce n'est pas que je refuse les bras, mais regarde-toi, regarde tes épaules, regarde tes mains. Pour le travail, rien ne vaut un Noir. Les Blancs... »

Elle le considéra encore un instant en silence.

« Qu'est-ce que tu t'imagines ? reprit-elle. De quoi es-tu capable ? Et qu'est-ce que tu connais au cacao ?

— Je connais bien les chocolateries. J'ai... visité la chocolaterie de votre frère.

— Visité la chocolaterie, ricana la femme d'un ton méprisant. C'est une très bonne école pour savoir cultiver le cacao ! Que sais-tu du cacaoyer ? »

Julien demeura muet. Il n'en avait jamais vu aucun, il n'en connaissait que la graine... et encore, séchée !

« Le cacaoyer, reprit la femme, n'aime que les connaisseurs. C'est un rétif. Un difficile, un récalcitrant. (Son ton s'éleva, comme si elle était en train de régler des comptes.) Ensoleillement précis, humidité précise. On doit le planter à l'abri d'autres arbres pour le protéger du vent, du soleil et, malgré cela, il est miraculeux qu'il atteigne l'âge de produire. Tu sais tout ça ?

— Euh... oui.

— Bien sûr, fit Victoire d'un ton sarcastique. Et pour couronner le tout, tu sais combien de temps vivent les fleurs ?... Vingt-quatre heures ! Et dans ce délai si court, il faut qu'elles réussissent à se faire polliniser par un insecte ! Sans parler des maladies, des champignons, des parasites, des rats, chenilles, fourmis, moustiques, poux, et j'en passe. Il y a des jours où, vraiment, j'en ai assez du cacao ! »

Elle s'approcha d'un de ces arbres à l'écorce argentée qui bordaient également la cour, tendit la main vers une boule ovale d'un rouge magnifique et lui imprima une petite rotation qui cassa net le pédoncule.

« Remarque, cette année la récolte est belle, commenta-t-elle comme pour elle-même. Les cabosses sont saines. »

Elle saisit le grand coutelas qui pendait à sa ceinture et, d'un coup sec et incroyablement adroit, ouvrit le lampion en deux. Au milieu, dans une pulpe blanchâtre, dormaient de gros haricots blancs.

Julien en resta muet. Ces graines, bien qu'elles

soient blanches, il les reconnaissait... Des fèves de cacao ! Se pouvait-il que les cacaoyers soient des arbres ? Le rouge lui envahit les joues et, comme pour s'en défendre, il dit :

« Elles sont bien rondes, ces fèves. C'est du criollo ? »

La femme le considéra sans répondre, et il sentit que son attitude était en train de changer. Il poussa son avantage en reprenant très vite :

« Le criollo, il fait un chocolat rouge comme de l'acajou, et c'est le meilleur. Seulement, il revient trop cher, alors on est obligé de le mélanger avec du forastero. Les fèves de forastero ne ressemblent pas à ça, elles sont aplaties. Quand elles sont sèches, elles sont un peu violettes parce qu'elles sont très riches en tannin. »

Il employait exactement les mots de René Abalain. Victoire le contemplait, immobile, son regard filtrant entre ses paupières. Enfin elle dit d'une voix moins sévère :

« Le criollo est cher parce qu'il est très difficile à cultiver. Mais toi, en voulant étaler ta science, tu t'es trompé : les cabosses de criollo ne sont jamais aussi lisses que celles-ci. (Elle brandit la coque ouverte.)... Tu as quand même marqué un point, car ce cacao, tu ne peux pas le connaître. Il s'agit d'une variété nouvelle, expérimentale, qu'on appelle “trinitario”. Un croisement entre criollo et forastero, entre qualité et robustesse. (Elle examina de nouveau Julien d'un œil scrutateur.) Bon. J'ai besoin de main-d'œuvre… »

Elle laissa planer un silence qui mit Julien sur le gril, avant de reprendre :

« Je ne te mets pas à la cueillette, tu serais capable de m'arracher l'écorce avec la cabosse ou de m'abîmer les bourgeons. Je ne te mets pas à l'écabossage, tu serais capable de m'écorcher les fèves ou de te trancher la main avant la fin de la première journée. Je te mettrai… Reviens demain. On commence à l'aube. »

Elle tourna les talons et rentra dans la maison sans rien ajouter.

Un moment, Julien demeura là, les bras ballants, un peu mal à l'aise. Il avait trouvé du travail – lequel, il n'en savait rien –, mais il était en train de réaliser que la réponse qu'il cherchait concernant son identité, il ne l'aurait pas ici : cette femme ne savait même pas que René avait un fils. D'ailleurs, contrairement à sa première pensée, le cacao qu'on traitait dans la chocolaterie Abalain ne venait pas de cette cacaoyère : ce n'était pas ce trinitario dont il n'avait jamais entendu parler.

Lentement, il fit demi-tour. Sur le pas de sa porte, la grosse femme noire le considérait attentivement, et il crut de son devoir de la saluer de la tête. C'est alors qu'à sa grande surprise, elle lui adressa un petit signe de la main qui lui enjoignait de s'approcher.

« D'après ce que tu as dit, prononça-t-elle dans un français parfait, René Abalain a un fils...

— Vous connaissez René Abalain ? fit Julien avec méfiance.

— Évidemment, que je connais René. Comment va-t-il ?

— Bien, lâcha Julien à contrecœur, comme s'il risquait de nuire aux Abalain s'il parlait d'eux avec une ancienne esclave.

— Et il a un fils as-tu dit ? Je suis contente pour lui. »

Julien hésita un instant à répondre, puis il songea que cette femme qui maîtrisait bien le français avait dû vivre longtemps aux côtés des Blancs, et savait peut être quelque chose.

« Un fils né ici », précisa-t-il.

La grosse femme le regarda avec des yeux ronds.

« Un fils né ici ? répéta-t-elle avec lenteur.

— En février 1808. Mais c'est juste un enfant adopté. »

Désirée resta comme pétrifiée, puis une lueur passa dans ses yeux.

« Vous voyez de qui il s'agit ? » demanda Julien plein d'espoir.

Malheureusement, la Noire fit non de la tête. C'est à ce moment qu'un vieil homme pénétra dans la cour, l'air un peu mécontent.

« Allons, Désirée, grogna-t-il. Tu parles aux Blancs, maintenant ?

— Ce garçon connaît René. Tu sais, René Abalain...

— Laisse donc René où il est, bougonna le vieil homme. Ce temps est révolu. Fini. »

Et il rentra dans la maison.

« Mon mari n'aime pas beaucoup les Blancs », chuchota alors la femme.

Comme Julien lançait un regard vers la grande maison des Abalain, dans la cour de laquelle ils habitaient malgré tout, elle expliqua :

« Victoire, ce n'est pas pareil... Toi, tu es trop jeune, tu ne peux pas savoir.

— Savoir quoi ? s'intéressa Julien.

— C'est trop compliqué. Ici, le présent n'est pas le jour que tu vis, c'est le dernier jour d'une chaîne qui vient du passé. Et le passé, tu ne peux pas le connaître. Alors tu ne peux pas comprendre le présent. »

Et elle se remit à tirer sur sa pipe.

« Vous avez été esclave, dit timidement Julien, c'est pour ça que vous n'aimez pas les Blancs.

— Leur âme n'est pas aussi blanche que leur peau, lâcha la femme. Remarque, je ne dis pas ça pour toi. Mais nous, on en a connu des...

— Des pires que le diable, s'exclama le vieil homme en surgissant dans l'embrasure de la porte. Qu'ils brûlent en enfer ! Maintenant, va-t'en, petit. Je ne te veux pas de mal, mais je préfère ne pas te voir.

— Télémac, gronda gentiment Désirée, il n'y est pour rien. Tu ne vas pas faire comme tes anciens maîtres, qui punissaient tout l'atelier pour la faute d'un seul.

— Vos anciens maîtres, dit Julien d'un ton hésitant, c'étaient... les Abalain ?

— Pas ses maîtres à lui, dit Désirée en désignant son mari. Les Abalain n'étaient pas de mauvais Blancs... C'est pour ça que je suis toujours sur la plantation. D'ailleurs, le vieux maître, le père de René, m'avait libérée bien avant la révolte. Tu as entendu parler de la révolte ? »

Julien hocha la tête. Il fixait le bras deTélémac. Il venait de se rendre compte qu'il n'avait pas de main droite.

« Après, bien sûr... (Elle poussa un soupir.) Les Blancs, dans l'ensemble, je ne les plains pas, il y en avait beaucoup qui avaient mérité leur sort, mais lui...

— Quel sort ? s'inquiéta Julien.

— Beaucoup ont été tués.

— Ne parlons pas de ça, interrompit Télémac. Heureusement, nous, on n'a pas de sang sur les mains.

— Abalain, il n'en avait pas non plus, répliqua Désirée et pourtant... »

Elle s'arrêta net.

Les deux vieux se regardèrent et ne dirent plus rien.

16

Cacao… o

Quand Julien rentra à la petite maison, Gabriel était absent et il ne trouva que Youenn, appuyé à sa bêche, l'air fatigué.

« Plus l'habitude…, soupira celui-ci en lui adressant un sourire narquois. Un rien me fatigue. J'ai juste déterré du manioc pour faire un peu de farine (il désigna de gros tubercules gisant sur le sol) et je me sens plus épuisé que si j'avais tenu la barre six quarts de suite en pleine tempête. Attends… je m'assois. As-tu trouvé du travail ?

— Je crois, dit Julien en s'asseyant à son tour. Et

j'ai aussi rencontré de drôles de gens. Désirée et Télémac. Tu les connais ?

— Bien sûr. Désirée était la nourrice des enfants Abalain.

— De... de René ? fit Julien stupéfait.

— De René et de Victoire, oui. »

Ça alors ! Julien n'avait jamais pensé qu'un Blanc puisse avoir une nourrice noire.

« Télémac, poursuivit Youenn, c'est autre chose... À peine s'il me dit bonjour.

— Il n'aime pas les Blancs.

— Non... Remarque, je le comprends... Lui, il n'était pas esclave chez Abalain et, il faut bien le dire, il n'était pas bien tombé. Son maître était un sale type, qui battait ses gens pour un oui pour un non.

— Quelqu'un d'ici ?

— Pas loin, oui, répondit Youenn sans citer de nom. Et Télémac, ça n'a jamais été un soumis... D'après ce qu'on raconte, un jour qu'on le fouettait, il a saisi le fouet et l'a retourné contre le maître.

— Et qu'est-ce qui s'est passé ?

— Il s'est enfui, tu penses ! Les Blancs avaient des armes, et aussi la loi pour eux, et ils avaient parfaitement le droit de battre leurs esclaves. Télémac est resté des jours dans la montagne. Le maître et ses amis l'ont poursuivi avec des chiens et, après des jours et des jours de traque, ils ont fini par l'avoir. Alors ils lui ont scellé autour du cou un cercle avec de grandes pointes. »

Youenn étendit ses bras devant lui pour en indiquer la longueur.

« Ça fait mal ? demanda Julien.

— Ça ne fait pas mal, ça fait pire que mal. Parce qu'alors tu ne peux plus approcher de personne, et tout le monde est obligé de s'écarter de toi. Impossible de te mêler à la vie, de danser. Impossible surtout de trouver une femme... Ensuite, ils lui ont coupé la main qui avait attrapé le fouet.

— La main..., grimaça Julien impressionné.

— Après ça, le maître est tombé malade, et il a prétendu qu'on l'avait empoisonné. Il a soupçonné Télémac et il lui a brûlé la plante des pieds pour le faire avouer. Comme Télémac n'avait rien fait et allait mourir sans un mot, il l'a laissé comme ça, sans soin, et il s'est saisi de quatre femmes qui auraient pu, selon lui, lui fournir le poison. Il les a attachées par les mains à une barre et leur a versé sur la tête du jus de canne bouillant.

— Il avait le droit ? s'effraya Julien.

— Pas vraiment. Il y avait ce qu'on appelait le "Code noir" et, normalement, on ne pouvait pas torturer. Si l'esclave s'enfuyait, on pouvait quand même lui couper les oreilles la première fois, lui trancher le jarret la deuxième, le tuer la troisième, mais pour les autres fautes, on avait juste le droit de le battre. Alors les autres esclaves de la plantation sont allés se plaindre au juge. Il est venu voir et il a trouvé les femmes toujours attachées à la barre, avec un collier de fer qui les empêchait de manger. Elles avaient perdu connaissance et toute leur peau était en train de se décomposer. D'ailleurs, une seule a survécu. Malgré les soins qu'on leur a donnés aussitôt, les autres sont mortes.

— Le maître a été puni ? s'exclama Julien plein de colère.

— Penses-tu ! Les autres Blancs l'ont défendu, et ce sont les esclaves qui ont été condamnés à cinquante coups de fouet pour l'avoir dénoncé. Alors tu sais... Télémac...

— Je comprends », souffla Julien.

Bien qu'il se doutât de la réponse, il voulait demander si Télémac était impliqué dans la grande révolte, quand il remarqua la pâleur du timonier.

« Youenn ! Ça ne va pas ?

— J'ai un peu mal à la tête... Je crois que j'ai une sacrée fièvre. Il vaut mieux que j'aille m'allonger. Sans te commander, est-ce que tu pourrais surveiller la petite ? »

Julien hocha distraitement la tête. Il pensait à Télémac, à sa main, aux colliers de fer, au jus de canne bouillant...

« Tout ça c'est fini », se dit-il pour se consoler.

Ses yeux revinrent vers Flore qui jouait avec une vieille casserole qu'elle remplissait de terre. Lui aussi avait une petite sœur ; une fausse, mais quand même... Il l'aimait beaucoup. Quand il la prenait contre lui, elle lui faisait des sourires et elle lui griffait maladroitement la joue en voulant la caresser.

C'était autrefois, il y avait de cela cinq ou six mois. Elle avait dû grandir. Sans lui. Elle ne se souvenait sans doute même plus qu'il existait. Personne, peut-être, ne se souvenait qu'il existait.

« Viens, dit-il en tendant la main à Flore, on va aller chercher Gabriel. »

La petite lui fit un sourire qui creusa des fossettes de chaque côté de son visage, et s'accrocha énergiquement à lui de sa main pleine de terre.

Au matin, Youenn ne semblait pas remis. Il avait vomi et se plaignait de douleurs dans la colonne vertébrale.

« Allez à votre travail, proposa Gabriel à Anne-Yogo, je vais m'occuper de lui.

— Vous ne vouliez pas vous rendre à Port-au-Prince voir s'il y avait un bateau en partance pour la France ?

— Je ne suis pas à un jour près. Emmenez Flore

avec vous, c'est mieux pour elle. Youenn pourrait être contagieux.

— Ce n'est rien, grogna alors Youenn, j'ai bu un peu trop de tafia, voilà tout. Va où tu dois, Anne-Yogo, et ne t'en fais pas pour moi. Demain, je serai sur pied.

— J'ai mis l'indigo au trempoir, expliqua sa femme comme pour s'excuser, et il a dû fermenter. Il faut que j'aille vérifier si l'eau est bien bleue, que je la fasse passer dans la cuve suivante et que je la batte. Ça ne peut pas attendre.

— Je le sais bien, souffla Youenn. C'est pour ça que je te dis d'y aller. »

Et il se laissa retomber sur le lit.

Julien fit discrètement signe qu'il devait partir, et il quitta la maison avec une vague angoisse au cœur.

Quand il pénétra dans la propriété Abalain, il y avait déjà, rassemblés là, une vingtaine d'hommes et de femmes, tous noirs. Instinctivement il serra les coudes contre son corps, comme pour tenir moins de place. Sa respiration s'accéléra. Il n'aurait pas dû demander d'explications à Youenn. Maintenant qu'il savait ce qui s'était passé sur cette île, il avait encore plus peur de ces gens. Et s'ils voulaient se venger ?

D'autres Noirs arrivaient de partout et s'agglutinaient en groupes bruyants qui s'échangeaient des nouvelles dont Julien ne comprenait pas un traître mot, bien que, en principe, le créole ressemblât au français. De temps en temps, on lui lançait des regards, mais il dut reconnaître qu'ils n'étaient pas ennemis. Il respira mieux.

Les voix se turent à l'apparition d'un homme au teint plus clair, qui jeta un regard circulaire avant de consulter le bloc de papier posé sur son bras. Il fit l'appel et distribua le travail. Il envoyait les uns à l'abatture des fruits, d'autres à la mise en tas, d'autres – essentiellement des femmes – à l'égouttoir.

Julien se tenait en retrait, sans oser se manifester. Enfin, le contremaître s'aperçut de sa présence.

« Tu es le nouveau ? »

Comme si son regard avait soudain été arrêté par quelque chose de stupéfiant, il fixa les chaussures de Julien, un rictus moqueur déforma ses traits et il laissa tomber :

« Tu vas avec les femmes. »

Il y eut quelques rires.

Julien ravala sa salive. Un bref instant, il avait cru qu'on se moquait de lui parce que le contremaître l'envoyait avec les femmes, mais tout le monde regardait ses pieds. Il était le seul à porter des chaussures. Et alors ? Qu'est-ce que ça pouvait leur faire ?

Les rires se dissipèrent peu à peu et les groupes se formèrent. Les hommes se dirigèrent d'abord vers une remise où certains se munirent d'une sorte de gaule terminée par une petite faucille, d'autres de ce puissant coutelas que Julien avait déjà vu dans le champ de canne à sucre et qu'on appelait machette, puis ils s'enfoncèrent dans l'ombre des cacaoyers. Pendant un moment, on n'entendit plus que le craquement des feuilles sèches sous leurs pieds.

Tandis que les hommes s'égaillaient sous les arbres, le groupe des femmes et des jeunes se dirigea vers une clairière semée de montagnes de cabosses vides et de grands cadres de bois recouverts par de larges feuilles de bananier.

On commença par ôter les planches qui maintenaient en place les feuilles, ce qui découvrit une épaisse couche de pulpe et de fèves de cacao dont le blanc virait au brun. Une lourde odeur de fermentation se répandit dans l'air. Enjambant les cadres, les femmes entreprirent de fouler la mixture au pied. C'est alors que Julien comprit son problème de chaussures.

Les femmes se mirent à chanter et, en quelques instants, le piétinement se fit danse. Ces danses, Julien les connaissait, elles ressemblaient à celles des prisonniers du bateau. Danses de Noirs. Il ôta ses chaussures et, comme les autres, entra dans un cadre. C'était horriblement gluant, et ça glissait.

Une heure plus tard, le mélange paraissait moins gluant, mais les pieds s'échauffaient et le corps fatiguait. Julien avait complètement oublié qu'il était indigne de lui de se déhancher comme les Noirs, et il faisait bouger lui aussi son corps sur les rythmes qu'il accompagnait à mi-voix en marquant les contretemps avec ses bras.

Le bois était si sombre qu'on ne voyait pas ce qui s'y passait, on entendait seulement le bruit mat des cabosses qui tombaient sur le sol, coupées par les longs bâtons à faucille que les hommes avaient emportés. Dans la clairière, le soleil montant rendait la chaleur étouffante. La sueur roulait entre les omoplates, la fatigue gagnait et on devait suspendre la danse de plus en plus souvent pour boire. À chaque fois, Julien espérait qu'on s'arrêtait pour de bon, qu'on allait manger, malheureusement on reprenait très vite, pour ne pas laisser les muscles refroidir.

À plusieurs reprises – surtout quand il s'arrêtait un instant pour boire – il pensa à Désirée. Il regrettait de n'avoir pas insisté, posé d'autres questions. S'il n'y avait pas eu Télémac...

Ce n'est que vers midi qu'on cessa le travail. La

chaleur était devenue suffocante. Autour de Julien, on se partageait des galettes de manioc et un peu de viande séchée en bavardant gaiement. Lui sortit de sa poche une petite boîte de fer contenant le reste de poulet au citron cuisiné la veille par Anne-Yogo. Il était dans l'incapacité de se mêler à la conversation. D'une part parce qu'il se sentait intimidé, d'autre part parce qu'il ne comprenait rien au langage créole.

Il observa les visages. Pas deux n'étaient du même noir, mais cela, il s'en était déjà rendu compte sur le bateau : les nuances de couleurs entre les différents peuples étaient infinies et, ici, s'ajoutaient les nuances du métissage que lui avait expliquées Youenn. « Le chocolat se dilue... »

Il n'était probablement pas né d'une de ces femmes, puisque Télémac lui-même l'avait traité de « Blanc », cependant ses parents travaillaient peut-être sur la plantation. Espagnols ? Portugais ? En tout cas, il avait eu l'impression que Désirée voyait qui était le nouveau-né de février 1808.

Anne-Yogo étant trop jeune pour savoir quelque chose à ce sujet, il aurait fallu qu'il s'adresse à une femme plus âgée, qui accepte de lui parler en français, pour poser sa question. Il ne s'en sentait pas le courage. Pas encore.

Il regarda ses pieds. Méconnaissables. Marron,

revêtus d'une couche de sucre collant, une véritable carapace. Et en plus, ils commençaient à lui faire mal. Autour de lui, les Noirs ne semblaient prêter aucune attention aux leurs, et aucune attention non plus à sa petite personne. Lui aussi était pour eux un étranger.

Il se remit au travail avec plus de difficulté encore. Des hommes arrivaient sans cesse, surgissant de l'ombre des sous-bois avec de grands paniers de cabosses rouges et brillantes qu'ils entassaient au bord de la clairière.

La journée se traîna interminablement. Julien était si épuisé, ses pieds si douloureux, qu'il ne parvenait plus à penser. Il ne pourrait pas continuer comme ça, il ne pourrait pas... S'il donnait des signes de fatigue, le contremaître le rappelait à l'ordre : on n'avait pas besoin de fainéants ici ! Maintenant, la douleur irradiait tout son corps, ses jambes, ses reins...

On ne s'arrêta que lorsque le soleil déclina, et Julien crut bien qu'il ne parviendrait jamais à regagner la case de Youenn. Il descendit à la rivière pour laver ses pieds douloureux, mais chaque frottement le faisait souffrir et la gangue gluante refusait de se détacher. Ce fut pire encore quand il essaya de remettre ses chaussures : impossible de les enfiler sur ses pieds caparaçonnés. Il les noua ensemble par les lacets et les jeta sur son épaule.

En bordure du chemin, dans un champ, il aperçut de loin un dos penché et reconnut la chemise bariolée de Télémac. Il fit son pas plus léger et tenta de passer en regardant droit devant lui.

« Oh ! petit ! fit alors l'homme en se redressant. Comment va ? »

Ne sachant qu'en penser, Julien se contenta de hocher la tête. Pourtant, il était visible que l'homme avait décidé d'être plus aimable que la veille. Avait-il des regrets ?

Une deuxième silhouette surgit à son tour d'un bouquet de bananiers. Désirée.

Elle s'informa amicalement :

« Bonne journée ?

— Bonne journée... », grimaça Julien en désignant du doigt ses pieds à vif sous la croûte brune.

La femme eut un bon rire gai.

« Ça ne s'en va pas facilement, hein ! dit-elle d'un ton compatissant. C'est une belle saleté !

— Saleté pour les ouvriers, fit Télémac, soucis pour les patrons, mais le cacao quand ça rapporte, ça rapporte. Et il n'y a pas besoin d'avoir grand de terrain. Moi, je vais en faire ici, tu vois, et je vais mettre deux rangées de fesses de manioc dans chaque allée, et quelques ignames. Les feuilles vont couvrir la terre, ça empêchera les mauvaises herbes de pousser et ça la tiendra fraîche pour mes petits cacaoyers. »

Saisissant dans une cabosse trois blanches fèves de cacao, Désirée les tendit alors à Télémac pour qu'il les dépose dans la terre, de son unique main.

« Il est plein d'optimisme, remarqua-t-elle avec amusement. On risque bien d'être morts tous les deux avant de voir la première cabosse. »

Julien saisit l'occasion de se reposer les pieds et s'assit sur une souche. Incroyable : la veille, il aurait trouvé à peine convenable de leur adresser la parole et, maintenant, il voulait leur faire bonne impression.

« Vous savez, commença-t-il, les Blancs ne sont pas tous si mauvais.

— Laissons ça, dit Télémac en haussant une épaule.

— Bien sûr, insista-t-il, Victoire Abalain est un peu sèche, mais... »

Désirée l'interrompit d'un mouvement de main.

« Il ne faut pas la juger. »

Et, à la grande surprise de Julien, Télémac renchérit :

« Victoire a ses bons côtés. Nous le savons mieux que personne : c'est nous qui l'avons élevée après la mort de ses parents. »

Julien en resta ahuri.

« Ses parents sont morts pendant la révolte des esclaves ? » demanda-t-il timidement.

Désirée regarda ses pieds. Télémac, lui, planta trois graines de cacao, puis se redressa et resta encore un long moment silencieux avant de répondre :

« Quand on entre en révolte, tu sais, c'est qu'on a trop souffert. Et alors, on n'a plus de mesure, on veut faire aux autres ce qu'ils nous ont fait. Tant d'esclaves sont morts sous les coups de fouet, ou d'épuisement dans les champs...

— Sur la plantation Abalain ?

— Non, pas ici. C'est pour ça que les maîtres ne se sont pas méfiés. Les Blancs, tu le sais, je ne les porte pas dans mon cœur, mais je dois reconnaître que les Abalain n'avaient pas de crime à se reprocher vis-à-vis de leurs esclaves. Ils étaient même d'accord pour les libérer et, ici, personne n'aurait touché un cheveu de leur tête. Seulement... des bandes de marrons sont arrivées sur la plantation. Les marrons, c'étaient les esclaves qui s'étaient enfuis de chez leur maître et qui vivaient dans la montagne... Tu sais, fils, dans les Noirs, c'est comme dans les Blancs, il y a du bon et du mauvais grain. Et dans les marrons, il y avait aussi des bons et des mauvais. Ils ne se sont pas demandé si les Abalain avaient ou non mérité une punition, et ils les ont tués en...

— Les deux enfants sont restés orphelins, interrompit vite Désirée, et c'est pour ça qu'on s'en est occupé. Et le commandeur, celui que tu as dû voir ce matin, a géré les terres. À cette époque-là, les plantations étaient beaucoup plus étendues qu'aujourd'hui ; tous les champs de canne, jusqu'à la mer, appartenaient à l'habitation[1] Abalain.

— Et ensuite, interrogea Julien un peu tendu, pourquoi René est-il parti ?

— Après la révolte, reprit Télémac, rien n'a plus été comme avant. Les Noirs avaient leur liberté, mais Haïti appartenait toujours à la France, et les richesses aux Blancs. Alors, quelques années plus tard, la guerre a repris. Les anciens esclaves ont fini par la gagner et les Blancs sont partis. René aussi. Victoire, elle, n'a pas voulu. Elle disait que la plantation, elle ne s'en séparerait jamais. Elle lui avait coûté trop de sang et de larmes.

— C'était en quelle année ? demanda vivement Julien.

— En 1804, affirma Désirée comme si la date était marquée au fer rouge dans sa mémoire.

— René Abalain n'est jamais revenu ? Même en 1808 ?

— Je n'en sais rien, déclara la nourrice avec réti-

1. Grande propriété, aux Antilles.

cence. Pourquoi est-ce que tu me demandes ça ? Pourquoi en 1808 ? Tu t'intéresses tellement à René Abalain ? »

Julien rougit.

« Non... C'était juste comme ça. Parce que le bébé haïtien qu'il a adopté est né cette année-là.

— Il a pu lui être ramené en France par quelqu'un », suggéra Désirée.

Mais Télémac semblait sidéré.

« En 1808, interrompit-il, rappelle-toi, il est revenu. Tous les jeunes Français nés ici sont revenus. Obligés. À cause de la guerre.

— Quelle guerre ? demanda Julien.

— La guerre contre les Espagnols. Cette année-là, Haïti était déjà indépendante, seulement l'autre moitié de l'île était française et les Espagnols la voulaient pour eux, parce qu'autrefois elle leur appartenait. Tu sais, l'histoire de l'île...

— Et alors, interrompit involontairement Julien, René Abalain est revenu ?

— Il est peut-être revenu côté Saint-Domingue, coupa Désirée, mais il n'a pas mis les pieds à Haïti. En tout cas, nous, on ne l'a pas vu. »

Son mari lui lança un regard surpris, cependant il ne fit aucun commentaire.

17

La mâcheuse

Malgré la chaleur lourde qui avait duré toute la nuit, Julien dormit comme une souche, et Gabriel eut même du mal à le réveiller au matin.

« Laisse-moi, grogna-t-il en se retournant. Je ne veux pas y aller. J'ai les pieds en sang.

— Hier tu as fait la danse du cacao, chanta la voix fraîche de Anne-Yogo et, à la plantation, on sait bien que les jeunes n'ont pas encore les pieds aguerris. On ne les met pas à la danse tous les jours : un ouvrier impotent ne servirait à rien. »

Julien se redressa péniblement.

« Comment va Youenn ce matin ? demanda-t-il en reprenant ses esprits.

— Un peu mieux, répondit Anne-Yogo. Il a moins de fièvre. »

Julien posa doucement ses pieds sur le sol et ce simple contact lui arracha une grimace. Il ne tenta même pas d'enfiler ses chaussures et se dirigea vers la pièce principale en marchant avec autant de précautions que si le sol était semé de coquilles d'œufs.

Gabriel, le front soucieux, était penché sur Youenn. Il fit signe à Julien de ne pas s'approcher et de sortir de la maison. Puis, prenant silencieusement Anne-Yogo par le bras, il le rejoignit.

« J'ai vu ces marques rouges hier soir sur son front, chuchota-t-il, et j'ai cru que c'était la fièvre mais, aujourd'hui, ça a envahi tout le visage, et les premières taches commencent à gonfler.

— Mon Dieu ! murmura Anne-Yogo comme si elle savait déjà ce que cela signifiait.

— Tu veux dire, souffla Julien sidéré, que... qu'il a la même chose que les deux morts du bateau ?

— La variole. C'est la variole. »

Anne-Yogo éclata en sanglots.

« Mon Dieu, mon Dieu, répéta-t-elle, s'il meurt...

— La variole, on peut en guérir, rassura Gabriel.

— Mon Dieu, c'est que je n'ai que lui, vous comprenez. Je n'ai aucune famille. Personne. Juste lui. »

Gabriel tira Julien en arrière.

« Ne reviens pas ce soir, dit-il d'un ton incroyablement autoritaire, trouve à loger ailleurs, sur la plantation par exemple, il y va de ta santé. Je te ferai parvenir des nouvelles. Si quelqu'un doit être contaminé, il n'est pas utile que nous le soyons tous. Je vais envoyer Anne-Yogo à son travail, et qu'elle emmène la petite.

— Et toi ?

— Moi, je suis médecin », fit Gabriel avec un rictus ironique.

La variole...

Julien s'éloigna lentement sur le chemin. Il se retourna une dernière fois, mais Gabriel avait déjà disparu. Il avait disparu bien au-delà de la porte, dans un autre monde. Celui des adultes, peut-être.

Lui, rien que l'idée de retourner voir Victoire Abalain, de lui demander de l'autoriser à coucher sur le domaine, lui semblait une épreuve presque aussi terrible que la maladie.

En arrivant à l'habitation, il n'en menait pas large. Une petite bonne le fit entrer dans le hall et il regarda avec appréhension autour de lui. C'était dans cette maison qu'avait vécu René Abalain. En ce temps-là, les murs n'étaient sans doute pas semés de lambeaux moisis comme aujourd'hui et, dans la vaste salle lambrissée – où ne restait qu'une cheminée de marbre couverte de poussière –, il devait y avoir des meubles. Il leva la tête. Au plafond était suspendu un curieux croisillon de planches. Voyant qu'il l'avait remarqué, la jeune bonne courut vers une corde qui pendait le long du mur et tira dessus à petits coups en pouffant de rire. Le drôle d'engin se mit à tourner, provoquant un frais courant d'air dans la pièce.

« Encore toi ? Qu'est-ce que tu veux ? »

Julien sursauta. Victoire était là, dans la même robe grise que la veille, l'œil sévère. Ne pas parler de la maladie de Youenn, ni de la contagion, sinon il se ferait jeter dehors.

« Je... n'ai pas de logement, et je me demandais si ce serait possible de... trouver un endroit ici. »

Une nouvelle fois, Victoire le détailla d'un regard rapide de la tête aux pieds.

« Tu n'as qu'à te choisir une case à nègres, lâcha-t-elle enfin en désignant de la main les cabanes de bois désaffectées sur la gauche de la cour. Prends n'importe laquelle, ça m'est égal, mais ne compte pas sur un lit. Comme tu le vois, il ne reste presque rien dans cette maison. Dépêche-toi, tu vas être en retard au travail. »

Quand Julien ressortit, il était plus tendu qu'une corde de violon. À chaque fois qu'il rencontrait cette terrifiante personne, il en était comme traumatisé. C'était peut-être injuste car, à chaque fois, elle avait malgré tout résolu son problème. Dehors, les ouvriers commençaient à se rassembler, et Julien n'eut pas le temps de faire le tour des cases. L'une d'elles était habitée par Télémac et Désirée ; une autre possédait une haute cheminée qui fumait. La cuisine, sans doute. Comme chez Youenn, on l'avait isolée pour limiter les conséquences des incendies.

Anne-Yogo n'avait pas tort : le commandeur changea son affectation, et Julien passa sa journée à étaler, sur des nattes de palmiers, les fèves qui avaient fini de fermenter. Si ça usait les mains, ça reposait les pieds.

Ce soir-là, il coucha sur une caisse, dans une ancienne case d'esclave démunie de tout, et mangea les galettes de manioc qu'il avait achetées avec ses premiers sous... ou plutôt gourdes, car c'était la monnaie du pays.

Il n'avait encore parlé à personne, cependant il avait surpris çà et là des mots en français et, si les femmes utilisaient rarement cette langue, il savait que toutes celles qui avaient plus de trente-cinq ans la comprenaient, pour avoir été esclaves de Blancs. À la première occasion, il tenterait sa chance.

Le jour suivant, il cueillit les cabosses (seulement

celles qui poussaient à portée de main et qu'on pouvait détacher en les faisant pivoter sur elles-mêmes). Là il était trop loin des autres pour leur poser des questions. Il trouva quand même l'occasion de dire à un homme âgé qu'il avait travaillé dans une chocolaterie en France, et qu'il était né à Haïti, en février 1808, mais cela ne sembla réveiller en lui aucun souvenir. Il retourna ensuite à la danse. C'est là qu'il profita d'une pause pour demander à sa voisine :

« Est-ce qu'il y avait des Espagnols, qui travaillaient ici il y a une douzaine d'années ? »

Quelques visages se tournèrent vers lui, et il repéra que trois ou quatre femmes semblaient avoir compris sa question. Trois ou quatre femmes qui secouèrent négativement la tête avec amusement, comme s'il avait émis une incongruité.

« Pendant la guerre, tu veux dire ? » lâcha enfin l'une d'elles.

Puis elle se remit à parler créole et il ne comprit plus rien, que les rires. Les rires, ça n'a pas besoin de traduction.

Pendant la guerre ! réalisa-t-il. La guerre entre Français et Espagnols. Peu de chance pour que ces derniers se soient attardés en territoire ennemi.

Alors il songea à s'enquérir des Portugais, mais la conversation était si animée qu'il ne put placer un mot. Il remit son interrogatoire au jour suivant, en se promettant de s'adresser cette fois uniquement aux femmes qu'il avait repérées.

Malheureusement, le lendemain, il fut affecté à l'extraction, où chacun était seul devant son tas. Cela consistait à saisir un fruit que l'écabosseur avait fendu en deux, à y plonger la main, à en retirer le contenu, pulpe et fèves, et à jeter le tout sur des claies d'égouttage. Les pieds n'avaient aucun rôle là-dedans. Les mains, par contre, devenaient à leur tour brunes et visqueuses et le jus coulait le long des avant-bras jusque dans les manches pourtant retroussées jusqu'aux coudes.

La seule personne qui travaillait à proximité était une vieille femme qu'il n'avait encore jamais vue, et qui mâchonnait tout le temps. Julien crut qu'elle détournait des fèves à son profit, ce qui lui donna l'idée d'en faire autant.

Berk ! Il dut cracher la fève sur le sol. C'était horriblement amer.

Remarquant sa grimace, la vieille se mit à rire silencieusement, comme si elle venait d'assister à un numéro de clown, puis elle lui fit signe que c'était la pulpe qu'il fallait manger. Du bout du doigt, Julien en crocheta alors un peu et goûta. Pas désagréable, sucré... plutôt bon. Il finit par reprendre le travail tout en mâchonnant comme sa vieille voisine.

D'accroupi, il était passé assis, puis de nouveau accroupi, bref il n'arrivait pas à trouver une position confortable. Il profita du moment où la vieille allait prendre de l'eau dans le seau à leur disposition, pour se mettre debout et s'étirer. Il avait déjà remarqué que la femme utilisait pour boire une écuelle d'argent qui lui paraissait trop belle pour une pauvre ouvrière. L'argent poussait-il ici comme le cacao ?

Il s'immobilisa soudain. Cette odeur... On se serait cru dans la chocolaterie. Il regarda autour de lui. Un parfum de cacao. Curieusement, c'était la première fois qu'il le sentait ici. Ça venait d'à côté, de ces fèves qui avaient fini de fermenter et qui, étalées sur les planches, séchaient au soleil. Elles avaient nettement commencé à rétrécir et à prendre cette belle couleur d'un marron un peu rouge qu'il leur connaissait. Il en saisit une entre ses doigts. L'émotion le gagna.

René Abalain lui avait raconté l'histoire de ces corsaires qui, ayant capturé un bateau espagnol revenant des îles avec un chargement de ces précieuses fèves, les avaient jetées à la mer en les prenant pour des crottes de bique.

Il sourit. René Abalain avait vécu ici. Lui aussi avait entendu le bruit sourd de la chute des cabosses, le craquement des feuilles, les coups de machette. Il avait respiré l'odeur des fèves et, un jour, il avait décidé de passer de l'autre côté de la barrière, de ne plus être celui qui produit mais celui qui transforme. Il songea que la nouvelle machine était certainement arrivée... Il pressa légèrement la fève près de son oreille. Elle rendit un petit craquement caractéristique. Sans y penser, il s'assit sur le bord du bac et balaya les fèves de la main pour évaluer leur contact. Le même geste que René Abalain. Il se remémora alors une chose qui les préoccupait depuis longtemps, et dont ils parlaient souvent tous les deux... Ces graines étaient d'une grande richesse : on pouvait soit les transformer en boudins de pâte, soit en extraire le beurre pour faire des onguents. Or, dans ce deuxième cas on perdait beaucoup de matière, car on jetait le cacao dans l'eau bouillante pour écumer le beurre qui surnageait, et on ne pouvait rien faire du marc qui restait. Il aurait fallu trouver une autre méthode pour séparer le beurre... René Abalain disait que, si on arrivait à l'extraire à sec, on pourrait récupérer le cacao dégraissé. Il en resterait un bloc, et là, peut-être qu'en le réduisant en poudre... Julien réfléchit. Du chocolat en poudre...

« Eh ! toi, là-bas ! On ne te paie pas à rêvasser ! »

Les poings sur les hanches, le commandeur le contemplait avec les sourcils froncés. Julien lâcha aussitôt les fèves qu'il tenait à la main et revint vers son tas de cabosses.

« Celui-là, marmonna la vieille mâcheuse au moment où il passait près d'elle, il se croit encore au temps de l'esclavage. »

Elle avait dit ça en français. En très bon français, comme Désirée.

Le cœur de Julien se mit à battre plus fort.

« Vous avez toujours vécu ici ? interrogea-t-il.

— Toujours, répondit la vieille sans cesser de mâchonner.

— À travailler au cacao ?

— Non. Je n'étais pas esclave de champ, mais esclave de maison. En principe j'étais aux cuisines... »

Elle se mit à rire avec gaieté, et Julien crut qu'elle était aussi parfois partie en marronnage. Ce n'était pas ça, car elle ajouta :

« C'est moi qui mettais les enfants au monde, alors on me laissait aller et venir, même sur les autres plantations. Et, bien sûr, je traînais un peu, si bien que la cuisine, je n'y passais pas trop de temps. »

Julien la considéra avec stupéfaction.

« Vous avez mis au monde les enfants d'ici ?

— Tous. Jusqu'à l'an dernier. Maintenant, c'est ma fille qui le fait. »

Julien en eut le souffle coupé.

« Et..., fit-il d'une voix tremblante, est-ce qu'en février 1808, vous avez accouché une femme ?

— En février 1808 ? Comment veux-tu que je m'en souvienne ? »

La déception sapa les espoirs de Julien.

« Désirée, dit-il quand même, elle se souvient d'une naissance en 1808.

— Oui, mais Désirée, elle n'est pas, comme moi... »

La vieille femme s'interrompit net. Son œil s'était allumé.

« Février, murmura-t-elle d'un air pensif. Février... »

Elle sortit de sa grande poche son écuelle à eau et la contempla.

« Février 1808, répéta-t-elle. C'est là que je l'ai gagnée, cette écuelle d'argent. C'est le cadeau qu'on faisait à l'accoucheuse quand on était riche.

— Qui avez-vous accouché ? » demanda Julien d'une voix mal assurée.

La vieille femme eut un mouvement involontaire du menton, puis, comme si elle se ravisait, elle dit :

« Ça, tu n'as pas à le savoir.

— Pourquoi ?

— Parce que cet enfant, on ne l'a pas gardé. Sitôt qu'il est né, Désirée me l'a pris des bras et l'a emmené. On ne l'a jamais revu.

— Désirée ? Qu'est-ce qu'elle en a fait ?

— Pourquoi donc que ça t'intéresse ? »

La vieille contempla Julien avec une acuité nouvelle.

« Oui..., prononça-t-elle enfin. Oui... C'est toi, n'est-ce pas ? D'ailleurs, tu lui ressembles.

— À qui ?

— C'est toi, répéta simplement la vieille. Mais je ne peux rien te dire. Personne ne peut rien te dire. »

Et elle se remit à vider les cabosses en mâchonnant.

Un moment, Julien demeura comme paralysé. Il ne savait pas pourquoi il en était si sûr... Du menton, c'est l'habitation Abalain qu'elle avait désignée. Se pouvait-il que...

« Je... Je suis le fils de René Abalain ? »

La vieille haussa les épaules.

« Bien sûr que non, tu n'es pas le fils de René. René, il était parti depuis longtemps.

— ... De qui alors ? »

Mais à peine avait-il posé la question qu'il sut la réponse. La femme le regardait sans rien dire, un petit sourire sur les lèvres.

18

Victoire Abalain

Julien ne sentait plus la douleur de ses pieds tandis qu'il remontait l'allée d'un pas volontaire. Sa colère étouffait sa peur. Il avait déjà oublié le fugace soulagement qui l'avait saisi quand il avait su la vérité.

« Bonsoir, dit-il d'un ton rogue. Je suis venu...

— Je le vois, coupa Victoire Abalain.

— Je... »

Il s'était répété les mots pendant tout le chemin et, sous ce regard glacial, il ne savait plus que dire.

« Je... je suis... votre fils. »

Un instant, la stupéfaction se peignit sur le visage de la femme, puis elle le fusilla du regard.

« Qu'est-ce que tu racontes ? Un fils ? Qui t'a mis ces sornettes en tête ?

— Un fils, que vous avez eu il y a douze ans.

— Tu délires, mon pauvre garçon ! Fiche-moi le camp ou je te fais jeter dehors !

— Et cet enfant est resté vivant, s'obstina Julien. Je ne sais pas ce qui s'est passé, comment les choses sont arrivées... Votre frère l'a adopté, m'a adopté. »

Le visage de Victoire se durcit incroyablement.

« René a peut-être adopté un enfant, mais pas le mien. Parce que je n'ai jamais eu d'enfant. Jamais, tu m'entends ? Va-t'en ! Va-t'en d'ici, sale morveux ! »

Elle saisit sa cravache et la leva sur lui.

Julien blêmit. Le visage pétrifié, il se mit à reculer sans même s'en rendre compte.

Au loin, le grincement des moulins qui écrasaient les cannes à sucre se mêlait au chant des femmes dansant sur les fèves de cacao ; pourtant Julien ne voyait rien, n'entendait rien. Il allait vers la maison de Youenn. La maladie, il s'en moquait. Maintenant, il souhaitait même l'attraper. Alors il mourrait et tout serait bien.

« Qu'est-ce que tu fais là ? s'exclama vivement

Gabriel en le voyant rentrer. Il ne faut pas revenir. Youenn est très mal et... Julien, qu'est-ce que tu as ? »

Alors, pêle-mêle, Julien déballa tout. Victoire, l'accouchement, et même l'écuelle d'argent. La hargne faisait vibrer sa voix et, de temps en temps, un petit brouillard voilait sa vue.

Gabriel écoutait sans rien dire. Quand le flot de paroles s'interrompit, il s'assit près de Julien.

« Tu t'emportes sans rien savoir. Elle t'a abandonné. Bon. Est-ce que tu t'en es demandé les raisons ?

— Je m'en fiche ! Elle a levé sa cravache sur moi !

— Tu pourrais peut-être comprendre si...

— Elle a levé sa cravache sur moi ! Elle ne veut pas de moi, tu comprends, elle ne veut pas de moi !

— Et alors ? s'emporta Gabriel. C'est une grande perte ?

— C'est ma mère, c'est elle qui m'a mis au monde. Et elle ne veut pas de moi. »

Gabriel haussa les épaules avec tristesse. Il regarda par la porte les feuilles qui s'agitaient dans le vent et soupira :

« Je te l'avais dit, les vrais parents ne sont pas forcément les meilleurs. (Il lui donna un petit coup de coude.) Et puis, tu n'es même pas sûr que ce soit ta mère. Personne ne te l'a vraiment dit. »

La révolte de Julien en fut douchée d'un coup. Un moment, il demeura là, sans un mot, puis il se leva et tourna les talons.

*
* *

« Monsieur Rémousin ! Le *Prince Sauvage*, n'est-ce pas le bateau que vous attendiez ?

— Si ! Qu'est-ce que... On a de ses nouvelles ?

— Il vient de pénétrer dans le port, monsieur. »

*
* *

Quand Julien arriva aux anciennes cases d'esclaves, il faisait déjà presque nuit. Il aperçut Désirée qui mâchait pensivement des grains de maïs grillés sur le pas de sa porte, et se faufila le long du mur pour l'atteindre en évitant qu'on ne le voie de la maison de maître.

« Qu'est-ce qui t'arrive, petit ? Tu as l'air tout chamboulé. Tu as vu le diable ?

— Oui, j'ai vu le diable. Le diable qui m'a mis au monde et qui m'a abandonné. Et vous êtes tous pareils, tous, vous m'avez menti ! »

Et il éclata en sanglots.

La femme lui saisit la main et l'attira contre elle.

« Mon petit, dit-elle, il ne faut pas...

— Elle m'a abandonné, elle me déteste.

— Elle n'a pas pu te détester : elle ne t'a même pas vu. Ça n'a rien à voir avec toi, mon petit, rien à voir avec ta personne. Elle a eu un bébé dont elle ne voulait pas. Que ce soit toi ou un autre n'y changeait rien. D'ailleurs elle n'a pas souhaité ta mort. C'était facile de t'empêcher de respirer, tu sais. Elle ne t'a pas tué, tu vois, c'est donc qu'elle n'est pas si mauvaise.

— Elle ne m'a pas tué uniquement parce que René est intervenu.

— René ? Il n'était pas là. (Elle le regarda avec affection.) Toi aussi, tu m'as menti. C'est toi, le fils adoptif de René. Oh ! je suis contente qu'il t'ait retrouvé, tu sais. Parce que, pendant toutes ces années, ça m'a bien tourmentée. Depuis que j'ai dû te déposer à l'orphelinat.

— Il m'a retrouvé ? Comment ?

— Eh bien... Environ un mois après ta naissance, René est revenu ici. Juste une soirée. Victoire a refusé de le voir. Elle était encore très fatiguée et elle avait peur qu'il se rende compte de quelque chose. Moi, j'étais tellement malheureuse de t'avoir laissé là-bas... J'avais beau me répéter que tu étais si beau qu'on t'aurait sûrement adopté, je n'arrivais pas à me consoler. Alors j'ai tout raconté à René. Le lendemain, il était reparti. Je n'ai rien su de plus. Quand je suis retournée à l'orphelinat prendre de tes nouvelles, le directeur, M. Rémousin, m'a dit que tu avais été adopté, mais il a refusé de me dire par qui. Était-ce par René ? Avais-tu déjà été adopté avant son arrivée ? Je ne l'ai jamais su.

— Pourquoi est-ce qu'on a refusé de vous le dire ?

— Cela doit rester secret. Ainsi, personne ne peut savoir où tu te trouves, et personne ne peut te révéler la vérité.

— Pourtant, grogna Julien, il y a des gens qui l'ont su, là-bas, chez moi. Comment ?

— Je ne sais pas... Lors d'une adoption, il y a forcément des papiers. Et puis... tu as le teint foncé.

— Je le tiens de qui ?

— Victoire n'a jamais voulu le dire. À cette époque, elle était un peu... difficile, et elle partait souvent à Port-au-Prince, sans prévenir personne. J'ai su qu'elle y rencontrait un capitaine de marine, un Brésilien. Les marins, ça va, ça vient... »

Un Brésilien ! Ce crétin de Vairon, sans le savoir, n'avait donc pas tout à fait tort !

« Alors elle a eu un bébé avec n'importe qui ! Un marin de passage ! fit Julien avec une grimace de dégoût.

— Ne la juge pas, fils, tu ne sais rien de sa vie. Bien sûr, elle a toujours un peu été compliquée, mais ce qu'elle a connu dans son enfance, je ne le souhaite à personne.

— Parce qu'elle a perdu ses parents, ricana Julien.

— Pas seulement parce qu'elle a perdu ses parents, murmura Désirée. Parce qu'elle a vu, de ses yeux, tuer ses parents. Elle avait neuf ans. Elle les a vu torturer, et puis elle a vu leur tête voler. »

Julien en resta muet. Il respirait à peine. René ne parlait jamais de la mort de ses parents. « Ils sont morts quand j'avais onze ans », disait-il seulement. Et lui, Julien, n'avait pas cherché à en savoir plus.

« René n'était pas présent, reprit Désirée d'une voix douloureuse, c'est sans doute pour ça qu'il s'en est mieux remis. Il était en pension. Quand il est revenu, sa sœur était à moitié folle. Elle ne disait plus un mot. Elle poussait des hurlements quand il approchait, comme si elle le rendait responsable, comme s'il l'avait abandonnée. Et René, il n'a jamais su le pire. »

Il y eut un grand silence. Les larmes commençaient à rouler sur les joues de Désirée sans qu'elle fasse le moindre geste pour les essuyer.

« Ceux qui ont fait ça, ils n'étaient pas d'ici. Le meneur, c'était un... (Elle soupira.) Sa fille avait été torturée par leur maître, elle avait souffert abominablement sans qu'il puisse rien faire pour elle, et il en avait pratiquement perdu l'esprit. »

Désirée se tut. Elle fixait farouchement le sol.

« Cet homme-là, reprit-elle enfin, a dit qu'il fallait faire à la petite ce qu'on avait fait à sa fille. Alors il l'a violée, et puis il l'a attachée à un poteau, les mains au-dessus de la tête, à côté d'un nid de fourmis. Et il l'a enduite de miel. Elle avait neuf ans. »

19

Rémousin

Julien s'arrêta. Il n'y avait plus aucun signe de vie autour de la maison de Youenn. Il passa avec appréhension la tête par la porte. Personne. Sur la table basse, juste un papier. Il était signé de Gabriel. Il disait qu'ils étaient partis pour l'hôpital de Port-au-Prince. Il n'arrivait même pas à réaliser ce que cela signifiait vraiment, ni à s'inquiéter pour le timonier. Le récit de Désirée était inscrit en lui comme une brûlure.

Pourtant, quand il pensait à Victoire, il ne parvenait pas à percevoir derrière son visage celui de la petite fille qu'elle avait été. C'est pour cela qu'il n'arrivait pas à lui pardonner ce qu'elle lui avait fait, à lui. Il ne retournerait plus à la plantation. Jamais.

Il passa la journée du lendemain à désinfecter la case comme on le faisait sur le bateau – en jetant du vinaigre sur des braises – et sortit la literie de Youenn au soleil.

Il était en train de mettre les draps à tremper, quand il aperçut sur le chemin deux mules, montées par deux hommes. Des Blancs. L'un d'eux lui était inconnu mais l'autre était Loïc Guérineau, le capitaine en second du *Prince Sauvage*. Bon sang, on les recherchait pour désertion et vol de canot !

Il voulut se précipiter à l'intérieur pour se cacher, malheureusement les deux hommes l'avaient déjà vu. Alors il fit front et lança d'un ton hargneux :

« Si vous cherchez Youenn, il n'est pas là.

— Tu pourrais dire bonjour, ironisa Guérineau. Où est-ce qu'on peut le trouver ?

— Nulle part. Il est en train de mourir. »

Il y eut un silence, puis Loïc demanda :

« Il a la variole ?

—... Comment le savez-vous ?

— Parce qu'il n'est pas le seul. Cette sale maladie a décimé un tiers de nos prisonniers et quinze hommes d'équipage, plus le capitaine.

— Le capitaine est mort ?

— À Cuba. Inutile de dire que, là-bas, le *Prince Sauvage* n'était pas en odeur de sainteté. On a vite compris qui avait apporté l'épidémie. Alors, j'ai pris le commandement et je suis venu ici pour tenter de trouver une cargaison. Je pensais que Youenn pourrait me renseigner, et peut-être même rembarquer avec moi. Mon seul fret, pour l'instant, c'est quelques caisses d'écailles de tortue.

— Vous saviez le trouver ici ?

— Évidemment. Je le connaissais bien. Quand j'ai vu qu'il était parti avec le canot, j'ai tout de suite su où il était allé.

— Je me présente, interrompit alors l'inconnu, un homme plutôt grand et vêtu à l'européenne, avec un chapeau haut de forme et une redingote qui devaient être difficiles à supporter par cette chaleur. Je m'appelle Rémousin. »

Rémousin. Julien avait déjà entendu ce nom, mais où ?

« Je connais bien votre père, René Abalain. C'est moi qui m'occupe de ses commandes de cacao. »

L'homme le prit par le bras et s'éloigna avec lui sur le chemin.

« Je n'ai pas toujours été commissionnaire, dit-il, j'ai aussi été chargé pendant longtemps de l'orphelinat de Port-au-Prince. »

Julien leva vers lui des yeux interloqués. Rémousin ! L'orphelinat !

« René m'a écrit, poursuivit l'homme, et il m'a raconté. Il était persuadé que vous vous étiez embarqué sur le *Prince Sauvage*. Or ce bateau semblait s'être volatilisé. Longtemps, j'ai cru qu'il s'était abîmé en mer, et puis, il y a deux jours, je l'ai aperçu dans le port. Alors je suis allé trouver le capitaine Guérineau, et je lui ai posé des questions. Voilà pourquoi je suis là.

— Pour excuser les mensonges de René Abalain ? grogna Julien. De toute façon, je suis au courant de tout, maintenant.

— Pas pour les excuser, rectifia Rémousin. Je ne suis pas sûr qu'il ait eu raison de ne rien dire... cependant pas non plus qu'il ait eu tort. Qu'auriez-vous fait à sa place ? »

Julien ne répondit pas.

« Tu sais, Julien, dit l'homme en se mettant soudain à le tutoyer, je n'ai pas grand-chose à te dire, pourtant je veux te le dire. Après, tu prendras ta décision. »

Il s'arrêta, ôta son chapeau, et passa sa main sur son crâne dégarni.

« Un soir, reprit-il, j'allais fermer l'orphelinat lorsqu'un homme s'est présenté. Je ne le connaissais pas, car je n'étais arrivé à Haïti que depuis peu.

Il me demande si, un mois auparavant, on m'avait amené un enfant, de race blanche. Tu penses, des enfants blancs, à l'orphelinat... On avait des mulâtres, quelques Noirs mais des Européens, rarement. Évidemment, j'ai tout de suite vu de quel enfant il parlait, et je l'ai emmené dans le dortoir des nourrissons... Toi, tu étais là, hurlant à pleins poumons. Il s'est penché sur toi, il t'a soulevé entre ses mains. Tu as hurlé encore plus fort. D'ailleurs, je dois le dire, tu n'étais pas un bébé facile, et chaque fois qu'on te prenait dans les bras, tu hurlais. Rien ne te calmait. Alors il a ouvert sa chemise, il t'a glissé contre sa peau, et il a refermé sa chemise sur toi. Et là, tout à coup, tu t'es apaisé. Quelques secondes après, tu dormais.

« Voilà comment ça s'est passé. Il n'a rien ajouté, rien demandé. Je lui ai signé les papiers et il est parti. Ensuite je n'ai plus eu de nouvelles de lui jusqu'à ce que, un jour, il m'écrive pour m'informer qu'il voulait transformer sa pharmacie en chocolaterie, et me demander si je voulais m'occuper de ses commandes de cacao... Dans sa dernière lettre, il me disait que tu avais découvert la vérité et que tu t'étais enfui sans rien dire. Le pire pour lui, c'était de penser que tu étais malheureux. Ta mère, Catherine, ne s'en remet pas. René était sûr que tu t'étais embarqué sur un navire pour Haïti ; en tout cas, c'est sans doute ainsi qu'il aurait agi à ta place – on ne peut attribuer aux autres que ses propres réactions. Qu'est-ce que tu vas faire, maintenant ?

— Je ne sais pas... Je ne sais pas...

— Tu es mineur, et je pourrais te réembarquer de force... Ne me regarde pas ainsi, je ne le ferai pas. René m'en voudrait à mort. Néanmoins, si tu le décides toi-même, sache que je tiens à ta disposition l'argent qu'il te faut pour le voyage. Ce que je voudrais, c'est au moins pouvoir leur dire que tu es vivant. »

Julien fixa le sol.

« Vous pouvez le leur dire », lâcha-t-il enfin d'un ton rogue.

Les deux hommes et leurs mules avaient disparu depuis longtemps, que Julien était encore là, à contempler sans les voir les billets que Rémousin lui avait glissés dans la main, et qui représentaient au moins trois mois de son salaire à la plantation. Puis, d'un coup il entra dans la maison, rassembla ses quelques vêtements dans son sac de toile, sortit et referma la porte derrière lui.

Quand il pénétra dans la vaste cour de l'habitation Abalain, il avait l'impression de ne plus pouvoir éprouver le moindre sentiment. « Rémousin n'aura pas besoin d'envoyer de courrier en

France », se répétait-il seulement. Il se dirigea droit vers la maîtresse des lieux qui triait un lot de racines de manioc et lâcha sèchement :

« Je viens chercher mon salaire. »

Il était bien décidé à ne pas se laisser chasser, ni insulter. Il était presque aussi grand qu'elle et elle ne l'impressionnait plus.

À son grand étonnement, Victoire Abalain leva sur lui des yeux juste surpris, hésita une seconde sur ce qu'elle devait dire, et demanda simplement :

« Tu t'en vas ?

— Je retourne chez mes parents. »

Elle ne fit aucune réflexion. Elle rentra dans la maison et revint aussitôt avec un coffret, dont elle ouvrit le tiroir. Il contenait un encrier, un sablier et du papier. Glissant sa main sous les feuilles, elle extirpa une clé, avec laquelle elle ouvrit un autre tiroir. Là, elle prit une épingle et déclencha un mécanisme.

Muet, Julien suivait des yeux les ouvertures et fermetures étonnantes de cette boîte à malices, jusqu'à ce qu'apparaisse, au fond, une liasse de billets. Victoire la contempla un instant, comme si elle hésitait sur ce qu'elle devait prendre, puis se ravisa, referma le coffret et le lui tendit.

« Je te le donne.

— Merci, fit Julien avec un mouvement de main

involontaire, je n'en veux pas. Donnez-moi simplement ce que vous me devez pour mon travail.

— Un cadeau ne se refuse pas, dit-elle sans hausser le ton.

— Je ne veux rien recevoir de vous.

— C'est un coffret à mystères, expliqua Victoire comme si elle n'avait pas entendu, très compliqué à ouvrir. Néanmoins René saura. Il le connaît bien. »

Et, comme Julien ne faisait toujours aucun geste pour prendre l'objet, elle poursuivit :

« Je ne savais pas que René t'avait adopté, mais c'est bien ainsi. Je... (Elle détourna la tête.) Je voudrais que tu m'excuses. Tu n'es pour rien dans ce qui est arrivé. Tu me rappelles seulement de très mauvais moments de ma vie, des moments que j'aurais voulu oublier pour toujours. (Elle eut un rictus désabusé.) Mais rien ne s'oublie jamais, n'est-ce pas ? Pour notre punition, Dieu nous a dotés de mémoire... »

Comme Julien fixait la maison sans rien dire, elle reprit :

« Je n'avais pas demandé à ce que tu naisses, tu comprends ? (Elle avait élevé le ton, comme si la colère pouvait à tout moment reprendre le dessus.) Évidemment... toi, tu n'avais pas non plus demandé à naître. Je sais, j'ai été très injuste. J'ai été très injuste avec René aussi, car au fond, il n'était responsable de rien. Mais je suis ainsi, et rien ne pourra jamais calmer cette rage que j'ai au fond du cœur. Tu comprends : rien. Va, maintenant. Et emporte ce coffret. Et dis à René... Dis à René ce que tu veux. »

Elle fit demi-tour et disparut dans la maison.

Julien regarda un moment le coffret, puis il le coinça sous son bras et, sans se retourner une seule fois, il quitta l'habitation.

*
* *

Autour de l'hôpital de Port-au-Prince régnait une effervescence incroyable. Les cabrouets affluaient de la campagne, amenant des malades, et Julien eut beaucoup de peine à trouver Gabriel au milieu des lits et des paillasses posées dans tous les sens. Celui-ci se tenait en fait dans une annexe, au milieu d'un groupe d'enfants qui pleuraient.

« Je n'ai pas aperçu Youenn, interrogea Julien. Comment va-t-il ?

— Youenn est mort ce matin. »

Mort ? Et Gabriel qui lui disait cela sans le moindre état d'âme... !

« Anne-Yogo est très mal, reprit le chirurgien en renvoyant un enfant sur la droite pour s'occuper du suivant, et elle n'est pas la seule. L'épidémie est en train de gagner. Tous ceux qui travaillaient à l'indigoterie sont touchés, et à présent leur famille... J'ai peur qu'on aille vers la catastrophe. »

Gabriel « sans état d'âme » ? La honte envahit Julien : depuis des jours et des nuits, son ami ne dormait plus, luttant contre la maladie, essayant d'enrayer l'épidémie et lui, qu'est-ce qu'il avait fait ? Il ne s'était préoccupé que de ses petits problèmes.

... Et quels problèmes ? Il n'avait jamais manqué de rien dans sa vie, même pas d'affection. Il eut l'impression d'avoir piqué une colère d'enfant gâté.

« Qu'est-ce que tu fais ? demanda-t-il enfin.

— Je vaccine les enfants. Le médecin qui dirige l'hôpital m'a montré, ce n'est pas difficile.

— Et Flore ?

— Je n'ai pas voulu la laisser ici, je l'ai déposée à l'orphelinat. Ils vont s'en occuper le temps que sa mère guérisse. Toi, tu ferais mieux de ne pas rester là non plus.

— Je ne reste pas. Je suis venu te chercher, on va rentrer chez nous. C'est décidé. On reprend le bateau quand tu veux.

— Le bateau ? (Gabriel regarda autour de lui.) C'est que... je ne peux pas... Tu comprends... Il y a un bateau qui part ?

— Le *Prince Sauvage* est à quai.

— Ah...

— Beaucoup de matelots sont morts. Loïc a pris le commandement. Dès que sa cargaison est complète, il quitte Haïti.

— C'est bien, Julien. Pars. Pars avec lui. Moi, tu comprends... non, je ne peux pas. (Il se tourna vers une fillette.) Attends, toi, viens ici... Ne pleure pas comme ça, c'est juste une petite piqûre de rien du tout et après c'est fini... »

Gabriel avait déjà oublié sa présence. Julien reprit son sac et se glissa dehors. Puis il se dirigea vers les quais. C'est là que Rémousin avait ses entrepôts.

20

Deux graines de cacao

« Tout y est, moussaillon ?

— Tout, Jos, affirma Julien en consultant sa liste. Patates, ignames, coco, oranges, noix de cajou, farine de manioc, poisson séché.

— Pour les vivres, c'est bon. Et la cargaison ?

— Rémousin s'en occupe. Je crois qu'il a obtenu un chargement de cacao magnifique, du spécial, du trinitario.

— Je n'y connais rien en cacao, moussaillon, mais si c'est toi qui le dis... Tu crois qu'on le vendra facilement ?

— Très facilement. Et je sais déjà à qui.

— Eh ! regarde ! Voilà notre chirurgien en chef ! »

Tandis que Julien adressait un signe à Gabriel qui s'approchait, Jos observa :

« Oh ! moussaillon, il m'a l'air soucieux.

— Qu'est-ce qui se passe, Gabriel ? C'est Anne-Yogo ? »

Gabriel hocha la tête.

« Elle vient de mourir. Embarquez le plus vite possible. L'air est très malsain ici.

— On part à l'aube. Viens avec nous.

— Non, Julien, non. Je suis venu te dire adieu. Tu leur expliqueras, là-bas, que ma place est ici. On a besoin de moi, tu comprends ? »

Julien le considéra un instant.

« Je comprends, répondit-il enfin. Chacun doit trouver sa place. »

Ils se serrèrent la main sans rien dire, longuement, avant que Gabriel ne reparte à grands pas vers l'hôpital.

*
* *

« Mindin ! » cria la vigie.

Il y eut des « hourra ! » et les bonnets volèrent dans les airs.

« On arrive, souffla Julien d'une voix étranglée. Tu vois, on arrive !

— On arrive où ?

— On arrive chez nous, Flore, chez nous ! »

La fillette le contempla d'un air intéressé. Elle ignorait ce que signifiait « chez nous » parce qu'elle n'avait que deux ans, et à deux ans, cinquante jours de mer sont une éternité. Chez elle, c'était cette grande maison de bois qui roulait sur l'océan. Est-ce qu'elle se rappelait seulement sa vie d'avant, d'avant le bateau ? Haïti n'était déjà plus qu'une île lointaine. Un jour, Julien lui expliquerait. Et même, il l'y emmènerait si elle le voulait. Il la souleva dans ses bras et expliqua.

« Regarde, tu vois, là, ce sont les quais.

— *Ce sont les quais*, répéta-t-elle sans comprendre.

— Ensuite, on prendra cette route, celle de la chocolaterie. Tu sais ce que c'est que du chocolat ? »

Elle fit de la tête un signe affirmatif d'une grande gravité.

« Eh bien chez nous, il y en a beaucoup. Et tu sais le mieux ? J'ai eu une fameuse idée pour séparer le beurre du cacao. Il suffirait d'enfermer la pâte dans des sacs, qu'on presserait ensuite. Alors, le beurre sortirait à travers la toile, et le reste serait prisonnier dans le sac... On en parlera à papa, hein ? Et aussi du trinitario. Tu vas voir sa tête quand il découvrira la cargaison que je lui rapporte... »

Il contempla les quais qui se rapprochaient et quelque chose lui nouait la gorge, comme une envie de pleurer. Il murmura imperceptiblement :

« Il faudra aussi que je lui parle de la “Société des amis des Noirs”, celle qui lutte contre l'esclavage... »

La petite n'écoutait plus. Elle faisait des signes de la main aux marins qui attendaient sur le port.

Mindin... Il se revit là, des mois auparavant, dans la boutique du port, achetant ce sac de toile qui n'avait aujourd'hui plus figure humaine. Et il revit Gorée, l'orage, son violon, et il sentit l'odeur forte du vaisseau, le sourire de Coffi, le goût des biscuits moisis, le contact gluant de la pulpe de cacao, la cravache levée. Et les yeux pleins de larmes de la petite Flore, réfugiée dans un coin de la salle de l'orphelinat. « Cette petite, avait dit la religieuse, elle ne parle pas, elle ne crie pas, elle ne dort jamais. »

Les larmes dans ses yeux lui avaient été un coup de poignard au cœur, bien pire que si elle avait hurlé. Alors il s'était approché, s'était accroupi et, là seulement, elle s'était aperçue de sa présence, et elle lui avait tendu les bras.

« Ne t'en fais pas, lui avait-il soufflé à l'oreille, tu es ma petite sœur, maintenant. »

Il l'avait serrée contre sa poitrine, et il avait refermé sa veste sur elle.

*
* *

« René », souffla Catherine Abalain en agrippant le bras de son mari.

L'homme mit un moment à comprendre. Sa femme était comme pétrifiée, et fixait la fenêtre. Non, elle fixait quelque chose au-delà de la fenêtre, sur la pelouse devant la maison. Non, plus loin que ça... À l'entrée de la propriété.

Devant le portail, il y avait un jeune homme, qui tenait par la main un tout petit enfant. Un jeune... Oh mon Dieu !

Déjà, Catherine n'était plus là. Déjà elle courait sur la pelouse.

Lorsque René arriva à son tour, elle serrait son fils contre son cœur. Elle disait des mots comme « mon petit » « si heureuse » « Tu vas bien ? » « Comme tu as grandi ! » « Comme tu es beau ! » Et René restait là, à les contempler tous deux sans pouvoir esquisser un geste.

Julien était amaigri, plus grand, avec l'air plus sérieux. Il ne parlait pas, mais, son visage rayonnait d'un bonheur si grand, d'une paix si profonde, que René sentit son cœur s'alléger, et le nœud qui lui enserrait l'estomac depuis si longtemps se détendre. C'est alors que, croisant son regard, le garçon lui adressa, par-dessus l'épaule de sa mère, un clin d'œil qui le bouleversa. Et puis il demanda d'une voix plus grave qu'autrefois :

« Agnès n'est pas là ?

— Si, bien sûr, répondit Catherine. Tu vas la trouver changée, tu sais. Elle commence à marcher. Mais c'est encore un bébé ; pour l'instant elle fait la sieste. Et ce petit bout de chou que tu tiens par la main, tu ne nous as pas encore dit qui c'est.

— C'est... c'est une petite graine de cacao, comme moi. Une autre petite sœur, si vous voulez bien.

— Oh mon Dieu, Julien, comme elle est mignonne ! s'exclama Catherine les larmes aux yeux. Comment s'appelle-t-elle ? »

Julien se tourna vers la petite et lui fit un signe du regard.

« Je m'appelle Flore », prononça celle-ci avec application.

Catherine eut un rire plein de bonheur. Elle s'agenouilla devant la fillette et dit :

« Bienvenue chez nous, Flore, tu es ici chez toi. »

Et elle la prit dans ses bras.

Évelyne Brisou-Pellen

Évelyne Brisou-Pellen a passé toute sa petite enfance au Maroc. Aujourd'hui, elle vit en Bretagne – région dont elle est originaire – avec sa famille. Après des études de lettres, elle se destinait à l'enseignement lorsqu'elle se découvrit une passion pour l'écriture... Passion qui ne s'est jamais démentie et à laquelle elle se consacre maintenant à plein temps. Elle aime explorer, avec ses romans, des territoires chaque fois différents. Cet auteur très apprécié des adolescents ne manque jamais d'aller rencontrer ses lecteurs dans les classes pour leur parler de ses romans. Évelyne Brisou-Pellen écrit énormément pour la jeunesse et est également publiée chez Rageot, Gallimard, Nathan, Milan, Père Castor, Bayard, Casterman, Bordas, Pocket, Averbode.

TABLE

Composition Jouve - 53100 Mayenne
N° 298281x
Imprimé en Italie par G. Canale & C. S.p.A. - Borgaro T.se (Turin)
avril 2003 - Dépôt éditeur n° 33930
32.10.1928.4/07 - ISBN : 2.01.321928.8
Loi n° 49-956 du 16 juillet 1949 sur les publications destinées à la jeunesse
Dépôt légal : avril 2003